キム・ヘジン　古川綾子＝訳

娘について

About My Daughter

亜紀書房

娘について

店員が熱々のうどんを二つ運んでくる。カトラリーケースをまさぐってスプーンと箸を取り出す娘の顔は、少し疲れているようにも、やつれたようにも、老けてしまったようにも見える。

「メール、見なかったの？」

娘が訊く。

「うん。電話しなきゃと思いながら、いつも忘れちゃって」

私はただそう答える。嘘だ。ほんとはその逆で、週末はずっと娘の問題を考えていたせいで、ぐったりしてしまったほどだった。それなのに、どうすればいいかわからないまま、こうしてまた娘と差し向かいに座っている。

「週末はどこに行ってたの？」

私は娘が知っていそうな人の名前を挙げて、一緒に食事をしたのだと言い繕う。もっと質問してくるのかと思ったのに、娘はただ、ふうんとしか言わない。そして誠意のつもりなのか、一言付け加える。

「そう。たまには気分転換でもしてくればいいのに。最近はイベントとかもたくさんやってるじゃない」

「そうねえ。その気にならないと、なかなか」

太い麺を一本、箸ですくい上げて食べる。若いころはしょっちゅう麺類を食べていた。三食のうち一度は必ず麺類で済ませるほどだった。今も麺類は好きだが、食べたあとが問題だ。なかなか消化されないからだ。もたれる胃をさすって、うろうろ歩き回り、寝ようと横になってはまた起き上がる愚かな真似を、あとどれだけくり返さなければならないのだろう。一つずつ楽しみを失っていくことなのだ。老いるとは。

大学生とおぼしき人たちが入ってくる。レジは食事を終えたサラリーマンで立て込んでいる。やかましい笑い声と話し声がさらに大きくなる。どこもかしこも若者だらけだ。しわとしみに覆われた顔。薄くなった髪と少し曲がった背中。私はこの場にそぐわない人間だ。誰がいつ、私に対する露骨なまでの不快感をあらわにするかわかったものではない。探るような視線であたりを見回す。娘のうどんはみるみる減っていく。私は悩みから抜け出せない。この言葉をほんとに言うべきなのか。言ってもいいのか。言わないべきなのか。言ってはだめなのか。でも、私が恐れているのはただ一つ。

今回の拒絶が報復となって戻ってくること。

「お前も知ってのとおり」

しばらくして切り出す。知ってのとおり。それは明らかな拒絶の意思表示だ。娘の瞳に一瞬、失望の色がよぎる。

「わかってる。母さんも余裕がないってことは」

娘が言う。そのくせこちらを注視して、次の言葉を待っているようすだ。眠っている間にもどんどん上昇するこの国の家賃は、とてもとても私の手には負えない。とどまるところを知らず、恐ろしい勢いで跳ね上がり続ける。それを手にしようと走り、駆けのぼり、しかも徐々にスピードを上げていかなきゃならないゲームから私が締め出されるようになったのは、ずいぶん前のことだ。

「そうねえ。お前も知ってのとおり、残されたものといったら、あの家がすべてでしょう」

街外れの狭い路地に軒を並べている腐った歯みたいな民家。その中で持ち主に似て関節がすり減り、骨が脆《もろ》くなり、徐々に前のめりになっていく一軒の二階建て住宅。日に日に喜びや自信が満ちていく世間の家とは完全に無縁のそれ。夫が私に遺した、たった一つのものだ。実態が明らかで、私が力と所有権を行使できる唯一のもの。

「わかってる、わかってるけど。私だってどうにもならないから、こうして頼んでるんじゃない。こんなとき、母さんの他に誰に頼めるっていうの」

娘は器の中身を箸でぐるぐるとかき混ぜながらつぶやく。諦めと期待の間をたゆたう口ぶり。そしてようやく切り出す。まとまった額を貸してくれるなら、月ごとに利子を払うという提案だ。二階に住む二世帯のことを言っているのだろう。バスルームの天井は水漏れがまだら模様を作っていて、ビニールの床材は汚れてところどころ裂けているうえに、古びた木の窓枠からはすきま風と埃と騒音がひっきりなしに入ってくる。その二階を月払いの家賃で賃貸契約している人たちを追い出して、チョンセ（賃貸契約時に月々の家賃の代わりに巨額の保証金を預け、大家はその利子で収入を得る韓国特有のシステム）に変えれば、まとまった額が手に入るのではないかと暗に言っているのだろう。

でも、そんなに簡単な話ではないのだ。数日前も二階に入っている若い主婦が、台所の流しのところの天井が水漏れしていると訴えてきた。手先の器用な近所のおじいさんとかじゃなくてちゃんとした業者に頼まないと、まともな修理は期待できないのではないかと言う彼女の表情には苛立ちと申し訳なさ、困惑とためらいが入り混じっていた。

「そうねえ。もう少しだけ我慢してくださいな」

そう答えてはみたものの、私にも今すぐ解決する術《すべ》はない。いくらになるかわからない修理代を支払う余裕はない。頻繁に私のもとへやってきては懇願していく彼女も、それは同じなのだろう。

テーブルの下、娘の両足がそわそわと落ち着かない。スニーカーのかかとは斜めにすり減っている。裾がほつれたジーンズも同様にむさ苦しい。こういう些細な事柄が人の印象を決めるのだということを、ほんとにわかっていないのだろうか。困窮、怠惰、無神経、品性の欠如といった、他人に知らせる必要のまったくない私的な部分を、なぜこうも浅はかに晒《さら》すのだろう。誤解を招きかねないのに、なぜほうっておくのだろう。高尚で端正。小綺麗で清潔。誰もが最高だと考えるそういう価値を、なぜことごとく無視するのだろう。言いたい言葉をかろうじて呑みこむ。

「母さん、私の話、聞いてるの？」

娘がせっつく。

しばらくして私は箸を置き、口元を拭ってから娘と目を合わせる。そう。これが家族なんだろう。私はこの子のたったひとりの家族なんだ。家族だと言えるんだ。それはもしかしたら。あの家があるから。家を所有しているから。

でも、私はただこう答える。

「そうねえ。方法を考えてみようか」

*

「ねえ、いくら包んだ？」

教授夫人がささやく。ささやいているのだが、周囲が一斉に振り返るほどの声量だ。私は建物の入口で立ち止まると、教授夫人の手の甲を軽く叩く。

「五万ウォン（十ウォンでだいたい一円に相当。）。分相応にしないとね。無い袖は振れないでしょう」

教授夫人はハンドバッグから封筒を取り出すと、もう二万ウォン足しながらぶつくさ言う。

「なんで五万ウォンも出すのよ。三万ウォンで良さそうなものを」

教授夫人が動くたびに、安物のバラのにおいが強く香る。あのワインカラーのハンドバッグの中は、似たような安物の化粧品でいっぱいなのだろう。消費期限が過ぎたり、そろそろ古くなるころだと思ったりすると、気前よくばらまくような類の化粧品。私も何度かもらったが、まともに使ったことはなかった。いつも使わなきゃと思いつつ、タイミングを逃してしまうのだ。いつからか、瞬きながら点灯するのかと思った次の瞬間にフェードアウトしていく健忘症があとをついてまわるようになった。

「当人は死んで、もういないのに、こうやって金を渡すことになんの意味があるの。子どもたちにいい思いさせるだけでしょう。生きてる間に食事でもおごるほうがよっぽどいいに決まってる。そう思わない？　こういう文化はもうなくすべきよ。まったく」

回転ドアを抜けて建物の中に入ってからも教授夫人の口は止まらない。私は館内を照らす照明と、その灯りよりもまぶしい花輪が放射する、目を刺すような光を避けて立つ。巨大な液晶画面を見上げて斎場を探す私の唇から、こんな言葉がこぼれる。

「見苦しいったらありゃしない」

亡くなったソンさんにご馳走になった額は十万ウォンを下らない。いや、金額が問題なのではない。ソンさんはいつも施す人だった。正確には施すと言えるほど豊かな暮らしをしている人ではなかった。それなのに、必ず先に支払いを済ませて申し訳ない気持ちにさせることで周囲をつなぎとめていた。でもだからって、教授夫人ともあろう人が出し惜しみなんてみっともない。教授夫人といっても話ばかりで、夫に会ったことも、どこの大学のなんの教授だったのか聞いたこともない。もっとも私たちのような高齢者には、さして重要な問題でもない。若いときは線を引いて、垣根を作って、だから生涯ご縁がないだろうと思っていた部類の人たちとも、こんなに簡単に出会えるようになる。

全体的に似たり寄ったりの老人になるからだろう。そして、そんな老人たちを受け入れてくれる場所も数えるほどしかないせいだろう。

でも、こういう言葉は口には出さない。

　斎場を探し当て、ソンさんの息子に違いない喪主とあいさつを交わし、通夜振る舞いの食事が用意された部屋に座っている間、私は保温ボトルに詰めてきたきのこ茶をすする。教授夫人は真っ赤なユッケジャン（牛肉や野菜を煮た辛いスープ。大量に作ることができるので、斎場で出されることが多い）にご飯を混ぜると、スプーンですくって口に運ぶ。乾いてツヤを失ったゆで豚も二切れ、三切れつまむ。そして携帯を開き、息子と孫の写真を見せるのに余念がない。

「ねえ、ハンカチある？　どこかにビニール袋ないかしら」

　そのうちにこちらへ体を寄せてきたと思ったら、紙皿が汚れないようにかぶせてあったビニール袋を剝がすと、乾き物を詰めはじめた。私は黙って遠くの皿を近づけてやる。

「孫が大好きなのよ。嫁は食べさせるなって大騒ぎするんだけど。そういうわけにもねえ。こっそりあげなきゃ」

「そうねえ。たくさん持っていきなさいよ」

　そうする間も、私は料理のほうには目もくれない。

　生の向こう側へと旅立ってしまった人々が醸し出すパワーや気配といったものが自分に触れるのではないか、ひっつくのではないかと、私はひどく恐れているようだ。

ふと、あちら側の壁に背を預けて座る人と目が合う。瞳に宿る諦念。すべてを知ってしまったかのようなその瞳が次に目をつけるのは私のような気がして、慌てて視線を逸《そ》らす。目をつぶって、いち、に、さん、と数えていると、いつの間にか真後ろにぴったり張りついた誰かが私の肩をつかんで、「わっ」と驚かせるゲーム。ソンさんはいつもどおり退社したある日、心臓が止まって亡くなった。心臓まひで片付けられた死。死はどれくらい近くまで来ているのだろう。それが目前に迫っていると、私が確信に至ったのはなぜだろう。

数ヵ月前、二階の角を借りていた女性の家族が私のもとを訪れた。以前にも友人や恋人を名乗る人たちがやってきたけれど、彼らに鍵を渡すことはしなかった。友人や恋人といった薄っぺらい関係を、どうやって信じろというのか。

「連絡がつかなくて。本人のサインが緊急に必要なのですが、他に連絡する方法がなくて、こちらまで来たんです」

その日やってきた男性は、女性の弟だと名乗った。それでも私が黙っていると、父親の墓を改葬する問題について話しはじめた。書類の中から一枚を取り出して見せたりもした。私が二階を見上げながら突っ立っていると、男性はかつかつと階段を上がっていき、まもなくドアを開ける音が聞こえた。それからしばらくの間、なんの気配も感じられなかった。

「ちょっと！　ちょっと、すみません」

私は声を張り上げはしたが、すぐ二階へ行こうとはしなかった。かなり経ってから硬い表情で階段を下りてきた男性は言った。

「姉は部屋にいますがね。よくわからないんです。通報するべきだと思います。通報を」

そして大急ぎで門の外に出ると、それっきり戻ってこなかった。救急車が到着すると女性は搬送され、一斉にやってきた警察が捜査をするからと夕方まで私を引きとめてあれこれ問いただしている間に、その男性はもう見つからないくらい遠くまで行ってしまったようだった。

「あの弟だっていう人は見つかりました？」

翌日、ようやく電話がつながると担当刑事はこう答えた。

「何度言ったらわかるんですか。家族はあの女性の引き取りを拒否してるんですってば。荷物はそちらで処分しなきゃなりません。遺体は国でどうにかしてくれるでしょうが、それ以外は難しいでしょう。保証金を預かっているそうじゃないですか。ひとまずは、それでなんとかしてみたらいかがですか。忙しいんですから、やたら電話してこないでくださいよ」

女性がいつ、なぜ、どのように死んだのかを尋ねる間もなく、電話は切られてしまった。二日が過ぎて、私はようやくその部屋に入ってみた。柔らかくて温かな精気を思いきり吸いこんだ木々が芽吹く真昼に、怯えきってドアノブをつかんだまま立ちつくしているなんて。その部屋には予想していたようなものは一切なかった。ひとり暮らしの女性にありがちな日常と習慣、好みと趣向のようなものばかりが整然と並んでいた。気配も兆候も、警告も準備もなく降りかかる死。

「惜しまれる死」

私は斎場の老人たちを見ながらつぶやく。つぶやきながら、この中の一人が明日死んだとしても、ちっとも驚かないだろうと思う。惜しまれる死だなんて。むしろ天寿を全うしたと皮肉られるかもしれない。残された人々は惜しんだり残念がったりする代わりに、どんな人生だったか冷静な目で点数をつけるのだろう。評価に値するものがなければ、すぐに忘れ去ってしまうのだろう。なにもなかったことにされてしまうのだろう。外に出た私は、喪服に白い腕章姿で弔問客を出迎え、棺を守るソンさんの息子からしばらく目が離せなかった。

＊

「どこも悪くないのに体調が優れないと、巫病《ふびょう》（シャーマンになる過程で経験する心身の異常状態）だとか言うじゃないですか。神降ろしをするべきだって。最後まで神降ろしをしないと、子どもに受け継がれるとも言うでしょう？　子どもをそんな目に遭わせたい親が、一体どこにいると思います？　だからみんな、自分でどうにかしようとするんでしょうね」

　私はそんなことをひとりごとみたいに話している。娘について思うことがあると、今みたいにしばらくそこから抜け出せなくなる。つまり、私は罰を受けているのだろうか。私が犯したなにかしらの過ちを娘は受け継いでしまったのだろうか。車椅子に乗ったジェンは窓の向こうの外を眺めている。そこでは一人の職員が広々とした駐車場に水を撒いている。ホースを抜け出た水は幾筋にもわかれて地面を打ち、透明に跳ね上がる。

「外に出たいですか？」

私は心にもないことを言いながら、ジェンと目を合わせる。長生きしすぎた女性。記憶がどこかへだらだらと漏れ出している女性。ずっと昔の生まれたころみたいに女や男といった性別の境界を突き破り、単なる一人の人間に戻りつつある女性。

たまに、小さくて細くてなんの価値もないこの女性の人生が嘘みたいに思えることがある。韓国で生まれ、アメリカで学び、ヨーロッパで活躍して、帰国後は自身とまったく関係のない人々のために人生を費やした人。結婚もせず、子も持てなかったこの女性の中に、私が訪れたことのない世界の壮大な風景と、誰ひとり訪ねてくる者のいない孤独が共存しているという事実が信じがたい。

向こうのテーブルが騒がしい。お年寄りの一人が悪態をつきながらリモコンを放り投げ、テーブルの上の教材をぐちゃぐちゃに散らかしている。担当の教授夫人は姿が見えない。またどこかでこっそり電話をしているか、間食に気を取られているのだろう。私は急いで車椅子を引く。どちらにしても、私の力ではああいう男性を制止することはできない。

夕食の前、誰かが病室のドアを開けて私を呼ぶ。総務課のクォン課長だ。廊下に出た私に、明日は一時間早く出勤できるかと尋ねる。テレビ局がジェンの取材に来ることになっている日だ。私はそうしますと答える。クォン課長は丁寧に頭を下げる。教授夫人の言うとおり、彼は私に対して特に親切だ。親切だというより、最低限の礼儀を守ろうとしているように見える。私への態度が他の職員にも影響を与えることを、私も知らないわけではない。年配の療養保護士（日本の介護福祉士とホームヘルパーのような資格）の大半があからさまな薄給、ひそやかな冷遇と蔑視の中にいることを考えると、せめてもの救いといえるだろう。それはおそらく、私が面倒をみているジェンという人のおかげだ。ここではどんな患者を担当しているかが重要だから。少なくともジェンの前ではみな、彼女に礼儀正しく敬意を払うことを忘れない。

「ところであの人、ほんとに家族が一人もいないんだって？」

でも、ジェンの見えないところでは人々の言動も変わる。特に教授夫人のような人は待ってましたとばかりに本音をさらけだす。

「家族がいたらどうだっていうの。どうせ同じことよ」

施設に預けた自分の親のもとを定期的に訪れる子どもは少ない。それを知りながらも教授夫人は話をやめようとしない。

「それでも最初からいないのとでは違うでしょう。ほんとに、何年もああして一人でいるのを見ると気の毒で。だから今は大変でも、子どもたちを頑張って育てなさいよ。財産で保険なんだから」

私が答えないでいると教授夫人は新入りの女性にそう言い聞かせ、これみよがしに舌を鳴らした。こういうとき、もう会いたい人を自分で決めたり、選んだりできない身分になったのだと痛感する。こういう人たちと会話をして、意見を交わし、仕方なくうなずきながら、若い子が言うところの融通が利かず偏見に満ちた、税金の無駄遣いでしかない部類の老人になるのだろうか。新入りの女性は「はい、はい」と答えてはいるが、大して興味もないようだ。まだ仕事に慣れていないせいだろう。亡くなったソンさんが担当していた患者の面倒をみることになったから、きっと大変だと思う。それでも何度か過労で寝こめば慣れてくるはずだ。でも、ほとんどの人がその前にここを去っていく。最後まで残るのは行き場のない人ばかりだ。

私は病室に戻ると、ジェンの寝床に目をやる。

「具合の悪いところはないですか？　明日の朝、また来ますから」

私の手を握るジェンが尋ねる。

「うん。家はどこ？　遠いの？　近いの？」

遠くない、バスに乗ればすぐだと話してやる。ジェンはうなずくと、低い声で言う。

「うん。車に気をつけて。車に注意」

こうやって話をするのは、それでも普段よりは意識がはっきりしている証拠だ。私は手のひらでジェンの額を撫でてやる。私より二十年は長く生きてきた顔。肌はしわが刻まれて肌理《きめ》も粗いが、今も目鼻立ちの整った顔をしている。私はジェンの手を握って、今晩もぐっすり眠れますようにと祈ってから外に出る。少量の睡眠導入剤を処方されたジェンは、すぐに眠りにつくだろう。

帰り支度をして表に出ると、教授夫人と新入りの女性がエレベーターの前で待っていた。当直の看護師に目礼して建物を出る。遠く路地の端から騒々しい音が聞こえてくる。この狭い路地を抜けると、深夜まで灯りの消えない商店と飲み屋が林立する交差点に出る。ようやく緊張が解けてくると、膝がずきずき疼《うず》きはじめる。

「そうだ、娘に会うって件はどうなった？　会ったの？」

夜になっても暑苦しさは変わらない。うなじに熱気が上がってくる。

「そろそろ会わなきゃね。時間がなくて」

私ははぐらかしてしまう。娘について根掘り葉掘り聞いて、評価して、口出しをしようという下心に気づいていないわけではないからだ。大きなお世話だと思っているのに、落ち着いて反応するのは不可能だ。教授夫人は調子を合わせるようにうなずきながら携帯電話を取り出す。そして幼い孫の写真を何枚か見せる。

「賢そうですね。いくつですか？」

ようやく新入りの女性が形ばかりの反応を示す。私はなにも言わない。携帯を見つめるふりをしながら歩き続け、歩を速めて横断歩道に足を踏み入れたところで声をかける。

「気をつけて帰ってね」

夏の夜は窓の外から流れこむ騒音のせいでなかなか寝つけない。出前のオートバイの轟音とテレビの音、大声で怒鳴り合う二階の夫婦喧嘩の声。私はテレビの光を頼りに膝に湿布を貼り、肩に軟膏を塗る。それから半分に切ったスイカを冷蔵庫から出してくると、スプーンで慌ただしく食べる。そうしたら、もうやることはなにもない。

静かな暗い部屋に横たわり、こんなことを考える。

終わりの見えない労働。そんな骨の折れる労働から私を救ってくれる人は誰もいないのだな、という諦念。働けなくなったらどうしようという不安。つまり私の気がかりは、常に死ではなくて生なのだ。生きている間は無限に続く、このよるべなさにどうにかして打ち勝たなければ。私はこの事実を知るのが遅すぎた。もしかすると、これは老いの問題じゃないのかもしれない。よく言われるように、この時代の問題なのかもしれない。この時代。今の世代。思いは自然に娘へと移っていく。娘は三十代半ばで。私は六十を過ぎた今、この時代にたどり着いた。そして未来の娘が到達する、おそらく私が行き着くことのない次の時代は、どんな姿をしているのだろう。さすがに今よりはマシだろうか。いや、今よりも厳しいだろうか。

翌日、出勤するとすぐにジェンの体を洗い、おむつをあてると、簡単な化粧道具を取り出した。

「私が高校生だったころの話、したことありましたっけ？　田舎の学校に通っていたんです。友人の家に下宿しながら。実家からだとバスを三回乗り換えなきゃいけないぐらい遠かったんですよ。当時、工場に勤めていた友人のお姉さんが一人暮らしをしていて。台所付きの狭い部屋だったんですけど、考えてみるとあのお姉さんも二十歳そこそこだったはずですよね。あのころ、どうしてあんなにお姉さんが恐ろしく思えたんだろう。その年ごろだとあるじゃないですか。一、二歳の差も大きく感じられたりすることが」

「うん？　どこに行くって？」

ジェンが目を大きく見開く。そのせいでジェンの顔にチークを塗っていた私の手が、しばし宙で動きを止める。

「いえいえ、昔、高校に通ってたって話です。ずっと前。昔のことです。学校に」

「うん。学校に通ってたって？　そう。人間は学ばなきゃ。学ばないと」

ジェンの眉を描いていると、クォン課長が入ってくる。

「到着されたようです。応接室にいらっしゃいます。準備はできましたか？」

他の患者は遊戯室と治療室に行っている。ジェンの表情に活気がない。体調が思わしくないせいだろうか。あれこれ尋ねても、なんの返事もない。

「そろそろ行きましょうか？」

クォン課長が催促する。私は急いでジェンの唇にグロスを塗るとうなずく。

「私がお連れしましょうか？」

「そうしていただけるとありがたいです」

黙ってあとをついてきたクォン課長が頼みこむ。

「念のため申しあげますが、格別の配慮をお願いします。こういう方をきちんとケアしている姿を見せるのも大切じゃないですか。宣伝にもなりますし」

私はそうしますと答える。

＊

「一九八九年に『国境の子どもたち』という本をお書きになっていますね。その本に、養子縁組してアメリカに送られる子どもたちの話が出てきます。ブレンドン・キム？　いや、ブレンドン・リーでしたっけ。その十一歳の少年が印象に残っています。彼が白人の家庭と養子縁組をして、破談になって、という五年の軌跡。これを取材されたんでしたよね？　あ、それから、どこで、どうやってその子と出会ったのかも気になります」

帽子をかぶった青年がカメラを固定して指で合図すると、丸メガネの青年がメガネをかけ直してから言った。声が薄い鉄板のように震え、やがて静寂が訪れる。

「じゃあ、ロサンゼルスの教育センターについて話していただけますか？　オルタナティブ教育センターだそうですが。移民の子どもを対象とした、おそらく当時としては初の機関ですよね？　施設の認可を受けて、支援を申請して、それらをすべて一人でなさったと聞きましたが、大変な点などはなかったですか？」

青年の声が四角い応接室の中を漂い、やがて消える。静寂が舞い降りる。廊下を行き交う人々の遠慮がちな足音が聞こえるほどだ。ジェンの視線はテーブルの角に固定されたまま。なにも聞こえも見えもしない空間の中にぽつんと座っているみたいだ。もしかすると見知らぬ人の訪問に怯えているのかもしれない。私が近寄ろうとすると、青年が手を挙げて大丈夫だと合図する。

「じゃあ、八〇年代に移民の人権相談センターを開設した件はどうですか？　そっちは思い出せます？　釜山《プサン》で、その仕事をされたそうじゃないですか。ソウルじゃないのには、なにか特別な理由があったのでしょうか？」

カメラをのぞいていた青年が顔を上げると、首を横に振ってみせる。質問をする青年と目を合わせ、意見交換しているようだ。

「あたし、お腹がすいて死にそう」

ジェンが車椅子のグリップをぱんぱんと叩く。でも、その言葉を聞いたのは私だけみたいだ。何事もなかったかのように、再び質問が続けられる。

「九〇年代のはじめに大阪で開かれたフォーラムはどうですか？　そこで韓国政府を批判したことが大きな話題になりましたよね。しばらくの間、入国禁止にまでなりましたが、そのときのこと覚えてますか？」

青年が昔の写真と、雑誌から切り抜いた記事のようなものをジェンの目の前に差し出す。写真の中のジェンは大きくておかしなメガネをかけ、演壇に立って話している。色あせたその写真の数々に、私はひととき目を奪われる。

「あたしはお腹がすいてるの。お腹すいたってば」

ジェンは私のほうに振り返ると、拳でテーブルを叩くふりをした。ドアの横に背をもたせて立っていた私は、はらはらしながらこう答える。

「うん。ご飯を食べに行きましょう。もう少しだけここにいてからね。そんなこと言わないで、なんでもいいからお話ししてあげてくださいな。遠くから来られたんですから」

「今日はなにをくれるの？　ケーキ食べる？」

私は笑顔でジェンをなだめながら思う。あの青年が言っている、今はもう食べて排泄して寝ることにしか関心のない、この弱々しい老女が成し遂げた仕事というのはほんとのことなんだろうか。遠くからやってきてこんな質問をするほど意味のある仕事だったのだろうか。そうだとしたら、ジェンはどうしてこんな場所にいるのだろうか。もしかすると、その仕事のせいでこんな境遇になったのだろうか。

「一つも思い出せませんか？　じゃあ、ティパのことは？　その子がカンボジアから来た子だっけ？　だよな？」

質問役の青年がまごまごしていると、カメラをいじっていた青年が訂正した。

「フィリピン」

「そう、フィリピン。ティパというフィリピン人の子どもがいたでしょう？　彼の後見人をしていましたよね。見た感じでは、ほとんど成人になるまで育てたも同然でしたけど。思い出せませんか？　ティパ、ティパですよ」

青年の声が大きくなる。尊敬や畏敬に代わって、苛立ちと焦りの気配が立ちこめる。

「うーん、ほんとにまったく記憶がないみたいだけど」

青年が言うと、もう一人が応える。

「だめだ。どんな内容でもいいからコメントがないと、どれを使う、使わないの判断もできやしない」

「しゃべってくれなきゃ、コメントのとりようがないだろ」

カメラをのぞいていた青年が顔を上げると、ジェンをじっと見つめながらつぶやいた。

「あのですね。おばあちゃん。どんなことでも構わないので話してくださいよ。コメントがないと、私たち終わりなんです」

そう言いながら携帯電話を出すと、どこかに電話をかける。高いトーンの声が受話器から聞こえたり、聞こえなくなったりする。青年はジェンをちらちら見ながら正気じゃないだの、到底無理だの、こそこそ話していたが、見込みはないと告げる。見込みがないだなんて。もう一人の青年が携帯電話を奪うようにひったくると、また話しはじめた。ジェンが顔を上げて私を見る。私は大丈夫だという意味でうなずき、瞬《まばた》きする。そうしている間も青年たちの話は続く。声はむしろ大きくなり、はっきりと聞き取れるほどになっていた。

　青年たちは、まるでジェンがこの場にいないかのようにふるまっている。まあ、ある意味、彼らが会いにきたジェンはここにいない。それならここにいるジェンは、ジェンじゃないのだろうか？　彼らはジェンに罰を与えにきたのだろうか？　尊敬に値する若かりしころに比べると、なんて侘《わび》しくみすぼらしくなったことか、今のお前のありさまはなんだと遠回しに告げているのだろうか。

「この写真、覚えてませんか？　ここ、よく見てくださいよ」

　質問は続く。質問というより、取り調べや審問のように感じられるほどだ。青年たちは手段を選ばず、礼儀や配慮も一切なく、どうにかしてジェンの口を開かせようと血眼になっていた。

「最近はすぐにお腹がすいたって言うんです。一、二時間もすると、またお腹がぺこぺこだって。いつもケーキを欲しがられるんですけど、たくさんは召しあがれません。消化できないんです。今年の春は、とにかくイチゴを食べたがっていました。最近は朝晩にトマトを召しあがります」

　結局、ジェンの横に立った私が口を開く。ジェンがテーブルの下で、私の手を探って握るのが感じられる。青年たちは私の話には興味がない。二人きりでこそこそと意見を交わしていたが、ようやくこちらに一言話しかけてくる。

「これって認知症ですよね？　ああ、そんなにひどくないって言うから来たのに困りましたね」

青年の一人がカメラを切って、機材を片付けながらつぶやく。無礼だと思うが、私は言葉を呑みこむ。課長の頼みを思い出したからだ。この青年たちがどこかに記事を載せて、映像を見せれば宣伝になるだろうし、いくらかの後援と支援がついてくる。それは私とも無関係ではない。私がなんとかしてこの場を収めなければ。

「病室を見学なさいますか？　どんな生活をしているのかもわかりますし。もう少し時間をかけたほうがいいと思います。私から話しかけてみますから」

できるだけ穏やかな声で説得しようと試みるが、青年たちは首を振ると部屋から出ていってしまう。彼らのやりとりが静まり返った廊下を目覚めさせる。私は彼らが置いていった写真と新聞の切り抜きをしげしげと見る。そうして、今も写真に残るジェンの面影をさほど時間もかからずに見出す。

「おばあさま。見てください。なんてことでしょう。いつの写真か覚えてますか？」

数枚の写真を指さして顔の前に近づけてみたけれど、ジェンは反応を示さない。

*

いつのころからか、自分になにかを変えられる力があるとは思わなくなった。今この瞬間も、私は時間の外側へゆっくりと押し出されている。なんにせよ強引に変えようとすると、相当な苦労を覚悟しなければならない。覚悟を決めたとしても、なにも変わらないに等しい。良きにつけ悪しきにつけ。すべて自分のものなんだと認めなければならない。私が選んだから、手にすることになったもの。その積み重ねが今の私なのだ。でもほとんどの人は、手遅れになってからこの事実を知ることになる。過去や未来といった今ここにありもしないものを見ようと、首を伸ばしてきょろきょろしている間に過ぎていく時間のなんと惜しいことか。そういう類の後悔はいつも、残された時間のあまりない老いぼれが担当する分野なのかもしれない。

こういう話をどう説明したらいいかわからない。なんでもそうだけど、経験していないことを、聞いた話だけで理解するのは容易ではないから。特に力に満ちていて、強固な若さで武装している今の娘には不可能に近いかもしれない。

「母さん、私の話、聞いてるの？　ねえってば」

　私は聞いているという意味でうなずくが、目は合わせない。娘の言うとおりに二階の二世帯を月ごとの家賃からチョンセに変えたら、毎月の病院代に薬代、保険料と生活費、へそくりと小遣いはどこから出てくるというのだろう。娘は音を立てて冷蔵庫のドアを開けると、冷たい水を一杯持ってくる。夜になっても相変わらず暑い。私は押し寄せる蚊を追い払おうと手をぶんぶん振り回しながら、扇風機を娘のほうに向けてやる。

「利息分は私が払うってば。母さんの小遣いも。下半期に講義を増やせば、今より収入は増えるはずだから。私だって、いつまでも母さんにお金の無心をしていられないでしょ。一歳や二歳の子どもじゃあるまいし」

　私は黙ってうなずく。でもそれは同意を意味するものではない。ただ、娘の状況を察しようと最善を尽くすだけだ。だから自分の力でどうにかしてみろと迫るようなことはしない。ずっと昔に私の親が私に言ったような、頑張れ、もっと頑張って努力しろという言葉を娘には言えない。言ってはならない。そういう時代になってしまった。

「じゃあ、お前がチョンセのためのローンを借りることはできないの？」

がやがや騒ぐ声とオートバイの騒音が窓の外を通り過ぎていく。娘は不服そうに水を口に含むと、両頬を膨らませてみせる。

「最近は国で公共住宅をたくさん建ててるっていうじゃない。少し遠くなっても、そういうところに応募してみるほうがいいんじゃない？」

娘には職場がない。仕事はしているが職場のない人たち。十人に一人、十人に三人。そうやって増えていき、今では十人に六、七人がそういう人たちだ。彼らには資格がない。ローンを借りる資格も、公共住宅に入居する資格も。

そういう人がたくさんいることは慰めにならない。むしろ自分の娘がそっちの部類に属しているという事実は、私にとって今もなお衝撃だし驚異だ。だから毎回、同じだけの失望と罪悪感にも見舞われる。もしかすると、娘は勉強をしすぎたのかもしれない。学んで、学んで、学ぶ必要のないもの、学んではいけないものまで学んでしまったのだ。

世界を拒否する方法、世界と仲違いする方法を。

「それができたら、今ここにいると思う？　さんざん調べたんだから。私、明日は七時までに行かなきゃいけないの。講義の準備をしなきゃ」

窓の外で笑い声がひとしきり続く。誰かがテレビの音量を大きくしたようだ。娘の顔にぼんやりとした不安と疲労、苛立ちの気配がうかがえる。

「それなら今日は泊まっていきなさい。ここから出勤すればいいじゃない」

私が言う。娘は眠いのか、目をこすりながらつぶやく。

「母さん、ほんとに申し訳ないんだけど、これが最後だから。大家が来週までにどうするのか決めろって大騒ぎなの。もう時間もないし。調べたりしてる余裕もないの」

娘のこういう言葉が、たまに脅迫みたく聞こえるのはなぜだろうか。今にも泣き出しそうなあんな表情のほうが、腹を立て、大声を上げるよりもはるかに強力な手段になるのはなぜだろうか。娘はそのことをわかっているのだろうか、わかっていないのだろうか。携帯を取り出して台所へ歩いていく娘の低い声が聞こえてくる。愛情深くて穏やかな声。秘密めいた笑い声。私が最後まで知らないふりをしていたい娘の私生活。

「あの子は水とりぞうさんならぬ、金とりぞうさんだな。電話が来ると、ぎくっとする」

夫がぶつくさ言う声が聞こえてくるようだ。そのくせ娘が来るとうれしくてどうしようもなかった人。娘は死んだ夫のことを口にしない。一日を、日常を、生活を引きずりながら前へ進むだけでも精一杯の娘には、過去を振り返る余裕はないみたいだ。

ふと、自分が予想していたより長生きするしかないことについて、娘の了解を求めたくなる。そうすれば、こんな苦悩からも逃れられるかもしれない。いや、違う。この家が消滅するか、私が死ぬまで、最後なんてものはない。決して終わらない。

「そうねえ。明日、銀行でローンについて調べてみようか。この家を担保にしたらどれだけ借りられるのか。利子はいくらなのか」

私は降伏したように言う。

「ありがとう、母さん」

明け方、娘の眠る部屋にそっと入ってベッドの縁に腰掛ける。ぶかぶかのパジャマのズボンからのぞく足を握り、白い脚を撫でてみる。三十代の健やかな体。でも娘は、自分がどんなに素晴らしいものを所有しているかわかっていない。

私は二十九でお前の父さんと結婚して、翌年にお前を産んだ。陣痛が来た日の夜にタクシーを呼んで、一人で病院に向かった。砂漠の真ん中にいたあの人とは半月後に連絡がついた。遠い異国の工事現場からかかってきた電話。そのときにお前の名前が決まった。すごく気に入る名前ってわけでもなかったのに、私はそれにしようと言った。稼ぐために外国を渡り歩いているあの人が哀れで気の毒だったから。せめてそんな形でも、家族という強くて頑丈な囲いの中に私たちは入ったんだという確信を持たせてあげたかった。

そこまで考えると娘が寝返りを打った。私は時計を見上げてから、しばらく息を整える。まだ寝かせておいても大丈夫な時間だ。

夜になると、お前を抱きしめる私を取り囲むこの家が、徐々に膨れ上がっていく想像をしたものだ。巨大化した虚無感と静寂が私を呑みこむかのように見下ろしている、あの寒気立つ感じ。年に一、二度帰国する夫が再び出発すると、私の中のそういう感覚はより鮮明になった。お前は四歳になるまで父親の顔を覚えられなかった。毛深い手足と太い声を持ったあの人が近づくと、火がついたように泣いた。そのくせソファの端に隠れて顔だけ突き出して、よくじっと見つめていた。ようやく心を開いて手をつなげるようになったころには、あの人はお前の体より大きなスーツケースを二つも三つも引いて、発たなきゃならなくなっていた。

鳥のさえずりが聞こえる。二階の住人がドアを開け放して、朝食の用意をしているようだ。青年のほうはまだ眠っているはずだから、あんなに忙しく動き回っているのは、その隣家の若い主婦に違いない。子どもがぐずる声。それを叱りつける声。

「何時？」

薄目を開けた娘が尋ねる。もう起きなさいと言って、私は部屋を出る。シンクの前に立つと牛乳を一杯コップに注いでから、熱したフライパンに卵を二つ割り入れる。娘が食卓につく。小さくて幼かった子。私は娘が覚えていない時間を頭に思い描いている。ずっと昔のこと。でもいくつかの場面は今も瑞々しく、生き生きとしている。まるでついこの間の出来事のように鮮明だ。

娘はフォークで黄身を潰すと、塩を少々振りかけてから口に入れる。

「ここに住んだらどう？」

ふと私は尋ねる。私の言葉が聞こえなかったように目玉焼きをもぐもぐ食べる娘は、なんの反応も示さない。黄色い書類封筒とプリントの束をそろえるころになって、ようやく答える。

「相談してみる。私ひとりで決められる問題じゃないから」

次の言葉を聞くまいと台所へ急いだ私は水を流し、コップや使った食器を次々と流しに移す。食器が苛立たしげにぶつかって、騒々しい音を立てる。

娘は牛乳を半分残したまま席を立つ。

「とにかく母さん、必ず銀行に行ってね。どうなったか電話もちょうだい。待ってる」

玄関でがちゃりとドアの閉じられる音がして、私の口からはこんな言葉が飛び出す。

「この出来損ない」

*

娘は私の生命から出現した。私の生命から生まれてしばらくの間は、無条件の好意と保護の中で育った存在。でも今は、私となんの関係もないようにふるまう。一人で生まれ、自分ひとりの力で成長して大人になったみたいに行動する。すべて自分ひとりで判断して決めて、いつからか私には通告しかしなくなった。

それだけじゃない。通告さえしないことも多い。娘は話さないけれど、私が知っていること。知らないふりをしていること。そういうものが私たちの間を静かに、そして猛烈な勢いで流れていくのを毎日のように目にする。

「連絡くれないいんだもん。母さん、銀行は行ってくれたの？」

その夜、娘から電話があった。ちょうど施設を出たところだった。私は銀行のローンの限度額と変動金利、据置期間について説明しようと試みる。これはこういう理由で難しくて、あれはああいう理由で難しくて、どれもが難しいという言葉に結びついてしまった銀行の窓口担当との相談内容を、できるだけきちんと伝えようと努力する。

「あぁ、やっぱり難しいんだ」

携帯のあたる耳が熱い。涼を求めて街にくり出した人々の声が集中力を奪う。ありあまる時間を持て余して空費を重ねる若者。夜の街にほとばしり捨てられる、魅惑的で健康的な時間に視線を奪われる。

「じゃあ、当分の間は家で暮らしなさい」

降伏宣言のように私は告げ、娘は答える。

「そうしてもいいの？」

私は線を引く。

「もちろん。お前は娘じゃないの。いけない理由はないでしょう」

娘であるお前以外は誰も容認できないという意図を、娘はすぐに見抜く。

「母さん」

なにか言おうとしていた娘が落ち着いた声で答える。

「じゃあ私たち、一緒に引っ越すから。本当に少しの間だけ。長くはならないから。お金がたまるまでいさせてもらうね。税金と毎月の家賃も払うつもり。そっちの心配はしないで。授業があるから、これで切るね」

私たち、ですって。一言も言い返せないうちに電話が切れる。汗で滑る液晶画面を拭って何度か通話ボタンを押してみるが、呼び出し音が続くだけだ。

＊

娘が引っ越してくる日は仕事が休みだった。私は朝早くから家を出る。肩を並べて向き合い、長く狭い路地を形成している家並み。箒で門の前を掃いていたお向かいの男性が目礼する。腹が突き出て禿げ上がっているが、声には活気と自信がみなぎっている。

「お早いお出かけですね」

男性が柔和な笑顔を見せる。私はご近所の誰にも、どこで働いているか話したことはない。でも私がどこかに勤めていることを近所の人はみんな知っている。私はじっと立ったまま義務的な会話を交わし、ようやく歩を進める。日がな一日あの家で過ごすお向かいの夫婦は結局、娘たちを目にすることになるのだろう。荷物を下ろし、運び入れ、やかましくしていたら、また外に出てきて声をかけるかもしれない。そこで聞いた内容をお隣にこそこそ話すかもしれない。成人した息子が妻子と帰省する盆や正月に、我が家のゴシップネタで自分たち家族の仲の良さを確かめようとするかもしれない。そんな不安がひっきりなしに追いかけてきて、ついに私を公園のベンチの端に座りこませる。背筋を伸ばして、仰々しく腕を振りながらウォーキングする人たちの滑稽な姿を目で追う。それでも動こうという気にはなれない。

夕刻に戻ると、門の前に車が一台停まっていた。二人で乗るのがぎりぎりの赤い軽自動車。門は半分ほど開いていた。開けるべきか閉めるべきか、よくわからないといったふうに。

門を開けて入ると、玄関の階段前にじっと座っていた誰かが急いで立ち上がるのが見える。街灯が門の向こう側にあるせいで、姿が真っ暗な虚空に溶けこんでしまったように見える。

「こんばんは」

あの子だ。娘よりすらりとした体。小さくて白い顔。一見すると、この国の人間じゃないみたいだ。小顔で手足が長い西洋人のように見える。

「グリーンは仕事があって、少し遅れるそうです。先に行っているように言われたので。鍵ももらっています。でも、家の中に入っているのは失礼な気がしたので」

あの子はどんな表情をするべきか、どんな態度をとり、どんな話をするべきかわからないといった顔で立っていた。私は音を立てて門を閉めると、三段ある階段を上がってから玄関のドアを開ける。

「荷物は外に置いておいてください」

まだなにも決められずにいた。知らないし知りたくもない、こんな得体の知れない人間を自分の家に入れる準備はできていなかった。いや、かなり前に決めてはいた。そこは変えられない。こんな子を私の家に入れることはできない。

でも、不承不承ながら声をかける。

「ちょっとだけお上がりください」

こんな蒸し暑い日に、娘の荷物を家まで配達してくれた人なのだと思えばいい。私は氷を浮かべた水をテーブルに置く。グラスの中の氷がぶつかり、互いを押しやりながら澄んだ音を立てる。ジーンズに白いTシャツを着たあの子は、娘より三、四歳は若そうだ。汗に濡れた前髪が額に張りついている。娘とは一体どこで知り合ったのだろうか。誰もが健康で優れた未来の夫を選んでいるというのに、娘とこの子はどこでどう間違ってしまったのか。

「荷物はこれで全部ですか？」

「本棚は古いので捨てました。服とか本もほとんど捨てました。冷蔵庫や洗濯機は、部屋についていたオプションだったので置いてきました」

あの子と私は目を合わせずに、ひとりごとみたいな会話を交わす。でもすぐに話は尽きてしまい、重い沈黙が舞い降りる。どっと疲れが出る。目が乾燥している。私はしばらく目を閉じたままでいる。チクタク。時計の秒針の音がひときわ大きくなる。

私は追想する。

「どちらさまですか？」

私が訊く。

「どちらさまですかと聞いてるんですが」

私の声がもう少し大きくなる。病室の前で壁に背を預けて座っていたあの子が、びっくりしたようにぴょこりと立ち上がる。あの子は落ち着いたようすで名乗ると、訪ねてきた理由を説明する。互いに知っているけど知らないふりをする、このうんざりするような神経戦で私が得ようとしているのはただ一つ。あの子が二度と来ないこと。死んでも来ないこと。

「お気持ちはありがたいですけど、わざわざ来てもらう必要はありません。これは家族の問題ですから」

私は高くそびえる家族という壁を立てて、あの子を閉め出す。案の定、納得したようにうなずくものの帰ろうとはしない。

「グリーンが心配だと言うので立ち寄りました」

　グリーンだなんて。娘をそんなふうに呼ぶのが気に入らない。両親がつけた名前を完全に無視して、おかしなあだ名で呼び合うザマといったら。あの子のTシャツはぐっしょり濡れていた。ベッドに横たわる夫の世話をしていて、そうなったのは明らかだ。それでも感謝の言葉は出てこない。

「お気をつけて。今後はご足労には及びませんから」

　病室に入ってドアを閉める。入口のドアにつけられた曇りガラス越しに、廊下をうろうろするシルエットが見える。私は不安な気持ちで、そのシルエットを注視する。少ししてドアが開き、あの子が入ってくる。窓際に置いてあった鞄を手にするとベッドを見ながら、眠っている夫が一時間前にバナナ二本とヨーグルトを食べたと教えてくれる。私は加湿器を調整し、あの子が座っていたと思われる箇所を手ではたいてみせながら整頓する。あの子はこれといった答えも、あいさつも聞けないまま病室を出る。私はお盆の上のバナナ一本とヨーグルト、すべてをごみ箱に捨ててしまう。これは夢じゃない。記憶なのだ。

　娘のパートナーに違いない、あの子。

もう五年も前のことだ。三年前だったか。よく思い出せない。それからもあの子はしょっちゅう病院にやってきた。私と出くわすと静かに荷物を持って出ていき、そうでない日は一人で、もしくは娘と一緒に夫の病室に詰めていた。夫が納骨堂に安置された日も、私に見える場所で娘に付き添っていた。

あの子。今、私の前にいる人。

「仕事はなにをしてるんですか？」

耐えかねて口を開いたのは、またしても私だった。

「料理人の見習いです。小さなレストランで働いているんです。たまに記事も書きます。写真を撮ったりもします」

息が苦しくなる。居間の蒸し暑い空気のせいだけではない。私は体が熱いのだと言わんばかりに窓を開け放ち、扇風機をつける。

「記事って？」

「ただの宣伝文です。いいお店を紹介する、短い記事みたいなものです」

今にも雨が降りそうな、どんより湿った空気が流れこむ。

「じゃあ、固定収入はあるんですか？　家賃や生活費はどうしてるの？」

私から逸《そ》れた場所で泳いでいたあの子の視線が私をとらえる。答えるべきかためらう表情。慎重に言葉を選ぶように、一心に考える表情。やがて肩にかけていた鞄をまさぐると、一冊の本を取り出す。大きくて薄い本の表紙に、色とりどりの皿と瑞々しい食材が印刷されていた。あの子は本を広げて最初のページになにかを書き、本を私に渡す。

グリーンのお母さまへ。

本を広げると、文章を書いた人の名前が順番にぎっしりと並んでいた。小さすぎる文字はまき散らされた米粒のようだ。目を細めてあの子の名前と履歴を探していると、あの子が口を開く。

「グリーンが許可をもらったと言っていたので、そのつもりで来ました。気を悪くされたのなら謝ります」

「ちょっと。うちの娘の名前はグリーンじゃありません」

顔を上げたあの子が私と目を合わせる。

「はい。二人で呼び合っていた名前が習慣になっていて」

私は本を閉じて、あの子に押し返す。あの子が言う。

「チョンセの保証金はグリーンと私が一緒に用意したものでした。グリーンが緊急でお金が必要だと言うので、大家さんに返してもらった保証金をその費用に充て、チョンセから月ごとの家賃に変更したのが昨年のことでした。だから実際のところ、私には選択の余地がなくて。他に方法があったら、ここまで来ることもなかったでしょうし」

浮かび上がってきた疑問の数々で頭がいっぱいになる。この子たちがどうやって家を借りて、生活していたのか聞いたことがない。いくらずつ出し合って、生活費をどんなふうに負担していたのかも聞いたことがない。どちらにしても、そこには私が娘にあげた結構な額のお金が含まれている。この子たちの生活に、私もある程度の貢献をしたことがあるわけだ。なぜ金を借りたのか、それがいくらなのか、私は娘に訊かない。そういうやり方で、責任をとる理由もつもりもないことをはっきりさせている。

「グリーンのせいにしようとしているわけではないんです。私たちはどんなことをしてでも一緒にいる方法を見つけるつもりでいます。外の荷物をすべて捨てる羽目になっても」

あの子が立ち上がると、ぱたぱたという音がして雨が降りはじめた。ママ、と叫ぶ声がする。二階に住む子どもたちだ。玄関で靴を履くあの子に声をかける。

「とりあえず荷物を入れてください。濡れてしまう前に。雨がやむまではここにいて構いませんから」

土砂降りの庭の真ん中で荷物をまとめ、スーツケースを引いてくるあの子は無言だ。ひどく腹を立てているようにも見えるし、安堵しているようにも見える。一瞬であの子の髪と衣服がぐしょ濡れになる。私は乾いたタオルを渡す。

返せもしない他人の金を、むやみに借りて使うなんて。

娘の落ち度はつまり、私の落ち度だという思い。三十過ぎた大人が自分たちで判断して決めたことなんだから、私には関係ないという思い。あらゆる思いがぶつかり合って、がちゃがちゃと音を立てる。

頭痛が伸びをしながら起き上がる。

*

この子たちは博学で洗練されたヤクザなのかもしれない。学校では拳の代わりに、拳より強力なものを使う方法を教わったのかもしれない。だから奪われたことにも、やられたことにも気がつかず、仕方ないと思ってしまう私みたいな被害者が生まれるのだろう。

「コーヒー、いかがですか？」

これから毎朝、台所であの子と顔を合わせなければならない。レイン。でも、その名を声に出して言ったことはない。

「できるだけ顔を合わせないほうがありがたいわ。少なくとも朝の時間帯は」

あの子と暮らすようになって、私が最初に話しかけた言葉がそれだった。数日前、まさにこの場所で。台所は焦がしたように濃くて、もわっとしたコーヒーの香りに包まれていた。振り返って私を見つめていたあの子は、再びコーヒーを淹れることに集中した。しばらくして二杯のコーヒーを淹れると、そのうちの一杯を食卓の上に置いた。

「私の勤務時間は十時からです。だから、いつもこの時間に起きます。起きたらコーヒーを飲むことにしています」

でも、私の口をふさいだのは、そういう生意気な言葉と無礼な態度などではなかった。

「ご存じでしょうが、私も家賃を払ってますし、生活費も負担してます。しかも家賃は四ヵ月分を先払いしました。不便だとおっしゃるから気をつけはしますが、私にもそれだけの権利があるということは知っておいていただくべきだと思ったので」

明白な事実。反論できない言葉。

あの子が台所を出た後、私は逃げるように部屋へ戻った。そしてベッドに腰掛けてぼんやりと、あの子の言葉を噛みしめた。家賃、生活費、権利。金と引き換えになった私の権威、親としての資格、心臓を揺さぶる羞恥心と侮蔑。私が心穏やかに過ごせる空間は狭まりつつある。紙を半分に折り、また半分に折るように。そうしてこの子たちは私がいなくなったことに、はたと気づくのだろう。それは私が消え去るという意味ではない。私の居場所が消え去るのだ。そうやって私は存在しない人のように生きるのだろう。いや、違う。この子たちはそれすら気づかないのかもしれない。

その日から私は朝食の準備をしていない。

なぜ、またしても台所に入ったのかは思い出せない。私がぼうっとした表情で立っていると、あの子がコーヒーとりんごを差し出してくる。そうして用事は済んだと言わんばかりに、薄い紙をめくりながら読む作業に没頭する。

真夜中にこの子たちが話していた内容を私は知っている。私が眠ったと思い（もしくは存在しない人として扱い）、居間のソファに座って低い声で交わしていた会話。ビールが注がれているに違いないグラスがちんとぶつかる音。

「もう一回、行ってみようか？」

娘が尋ね、あの子が答える。

「もう少し、ようすを見てから」

「あいつの言ってたこと、どう思う？　家庭内の問題？　口出しするな？　むかつかない？　あの野郎の言うことに誰も反論しなかった。警察まで！　全部わかってるくせに。知らんぷりしてれば解決するとでも思ってるんじゃない？　人のすることに口出しするなってこと？　なんなのよ」

二階に住む男のことだ。宵の口にはじまった二階の夫婦喧嘩は徐々にひどくなり、ついには下の階まではっきり聞こえるほどだった。大したことじゃないからと制止する私を振り切って、とうとう娘は二階へ向かった。あの子がすぐに娘の後を追った。

「誰だ、なんだお前は。ドアを閉めろ！　出てけってば、聞こえねえのか？」

男の声が聞こえ、庭に出た私は二階を見上げながら大声で言った。

「その子は私の娘です。あんた、下りてきなさい。ちょっと、こんな時間に大騒ぎするなんて、どうかしてますよ。どこも静かに過ごしてるのに。お前はもう下りてきなさいって」

しばし静寂が流れた。

「あのですね、お嬢さん。これは家庭内の問題です。ああだこうだと言われる筋合いはないんですって」

かろうじて怒りの炎を鎮めた男の声。待ってましたと言わんばかりに娘が噛みつく。

「子どもたちが見てるじゃないですか。どこが家庭内の問題ですか。人を殴るのは犯罪です。家庭内暴力も暴力ですから。誰か警察に通報したらどうなんですか。ぼうっと見てないで通報してってて！　揃いも揃ってなにやってるのよ。他人事だからって見てるばっかりで。あんまりじゃない！」

かなり経ってから警察が来た。パトカーの赤色灯の回転が路地の静けさを破る間、娘は警察に怒りをぶつけ、また声を荒らげた。家庭内の出来事にいちいち口出しはできない、妻が処罰を望んでいないという警察の話が終わった途端、あの子が加勢した。

「加害者が目の前にいるのに、処罰してくれっていう馬鹿がいますか？　手をこまねいてないで、なにがどうして起きたのか、調べるふりでもしてくださいよ」

ここは小さな町だ。こんなふうに騒ぎを起こして、注目を集めるようなことはしないでくれたらいいのに。結婚して子どももいる二階の夫婦がどうしようと、見て見ぬふりをしてくれたらいいのに。あの子たちは夫婦になって家庭を築くことの大変さを知らない。そういうことを知らないという恥ずかしさも感じていない。恥ずべき人間は誰なのかも考えられない。私は家の門越しに路地がざわついているのを確認すると、中に入ってドアを閉め、横になってしまった。

騒ぎが収まってからも、私の浅い眠りの中をあの子たちのささやき声が休むことなく出入りしては引っかき回していく。

「知らんぷりするほうが簡単だし、楽じゃない。気づかなかったって言えば、それまでだから」

「そうよ！　みんなひどすぎる。ほんとにひどすぎるって。いい歳した大人がやってることはクソだよ。子どもが泣き叫んでるのに、どうして平気でいられるの？　子どものためにもよくないでしょ？　近所の人たちは？　見ものだってわけ？　なにもかも聞いてたくせに。どういうつもりなのよ」

「声が大きいって。お母さんが起きちゃうでしょ」

娘の声は熱を帯び、あの子の声はほどよくひんやりしている。冷たいものは下に、熱いものは上に。曲線を描きながら作られる円。二つを混ぜると、ちょうどいい温度になるようだ。

この子たちは世の中をなんだと思っているのだろう。本に出てくるような素晴らしくて立派なものだと本気で信じているのだろうか。数人が力を合わせれば軽々と持ち上げてひっくり返せるようなものだと思っているのだろうか。

携帯のアラームが鳴り、娘が台所に現れる。

「今日も私がいちばん遅かったのね。母さん、もう出かけるの？　こんなに早く？　なあに、仲良く二人でコーヒーまで飲んじゃって」

私を見るのかと思いきや、娘はいつの間にかあの子の肩に片腕を巻きつけて、抱きかかえるようにしている。私は反射的にそっぽを向いて、不快なようすを見せないように最善を尽くす。

「教会に寄ってから」

少しの間、息を整えてから言う。

「出勤しないと。私のことは気にしなくていいから、自分のことをしなさい」

私は馬鹿みたいに冷蔵庫に向かって話しかける。

「教会？　母さん、まだ通ってるの？　行かないって言ってたじゃない」

片脚を立てて椅子に座った娘が不満そうにつぶやく。

「すごく具合が悪いとき以外、教会に行かなかったことなんかない」

私は断固として言う。嘘だ。膝を立てて足の爪をいじる娘の後ろを通り過ぎると、そのまま台所を出る。靴箱を開けて靴を探していると、あの子が長い保温ボトルと小さなピルケースを差し出す。

「これはコーヒーで。こっちはピルケースです。ふたに曜日が書いてあります。これだったらわからなくなることもないかなと思ったので」

どこでもお構いなしに薬飲んだっけ、飲んでなかったっけとつぶやく私のくせがばれたに違いない。仕方なさそうに両手で受け取って家を出る。保温ボトルの色合いと質感が上品だ。小分けできるプラスチックのピルケースもやはり上品。それらを入念にハンカチで拭きながら教会まで歩く。捨てるには惜しい。捨てたらまたいつか、お金を払って買わなきゃならないものだ。教会の入口で数人が集まって話している。周囲に人がいなくなるのを待って、ようやく教会の中に入る。

「娘さんが来てるんですって？　いいですね」

小礼拝室の隅っこにかくれんぼでもするかのように座っていたのに、簡単に見つかってしまう。

「うらやましい。娘さんが用意してくれたのね」

誰もがすぐ、些細な変化に気づく。プラスチックの水筒の代わりに、長くてぴかぴかの保温ボトルを持つ私。小さくて軽い雨傘と、小ぶりのかわいいハンドバッグを提げてきた私。フリルで作った花のブローチをつけている私。娘と撮った写真を携帯の待ち受けにしている私。

「ここの娘《こ》は大学の教授だもん。そうでしょ？」

「ほんとですか？　すごいお仕事をされてるんですね。神の恵みだね。子どもの成功より大きな恵みはないでしょう」

「こちらの勧士（韓国の教会における一般女性信徒の最高位）さんは先生だったんだもん。だから子どもの教育にはお金を惜しまなかったってわけ。それでも投資した甲斐があったんだから。いいわねえ」

スイッチでも押したかのように誰かが口火を切ると、好き勝手に尾ひれをつけた話がいつ果てるともなく続く。この人たちは私が祈りにきたわけじゃないことを知っているのだろうか。だから私が手を合わせて目をつぶり、よりによってなぜ私にこれほどの苦しみをお与えになったのかと問いただせないように、必死になって邪魔しているのだろうか。

私の娘はよくわからないプリントと本の入った、大きな石みたいな鞄を肩にかけて、全国を日がな一日渡り歩く行商講師だという言葉が喉まで出かかる。狭苦しい車の中で食事をして、仮眠をとり、家に戻ったらまた本と文章に埋もれて倒れこむように眠る、哀れな子なのだという言葉に胸が締め付けられる。しかも今は家賃を払うという名目で正体不明の女とともに私の家へ押し入って、私に恥をかかせようとしているのだという言葉が今にも飛び出しそうだ。

人々の間をせわしく行き交う言葉のはざまで、こっそり演壇を仰ぎ見る。

娘が毎晩のように電話で話して、手紙を書いている相手が女だとそれとなく気づいたとき、私は放っておいた。若い子にはよくあることだから。大学に進学してひとり暮らしをはじめた娘に、再びおかしな気配があることを直感したときも、心証や確証を目にしないようにと必死だった。そうしているうちに娘は手の届かないところへ行ってしまったのかもしれない。なにかをどうにかして正しい方向へ導くべきだった時期を、愚かにも私は打ち捨てたのかもしれない。

私がしたことといったら、演壇を仰ぎ見ることのできるこの場所に座って、誰かが立ち聞きするかもしれない言葉を無言で撫でさすりながら、沈黙を育てることだけだった。言いたい言葉、言うべき言葉、言えない言葉、言ってはだめな言葉。もう私はどんな言葉にも確信が持てない。こんな話、一体誰にできるだろう。誰が聴いてくれるのだろう。言えもしなければ、聴いてももらえない言葉。主のいない言葉の数々。

＊

「さあ、ここを握ってください。握って、少しの間そのままでお願いします。力を入れて」

横たわるジェンの体の向きを変えるまで、かなりの時間を要する。ぶるぶる震えるジェンの手が、やっとのことでベッドの手すりを探し当てて握る。ようやくズボンを下ろすと、痩せ細ったジェンの臀部《でんぶ》があらわになる。赤くただれた箇所が、また少し大きくなっている。おむつを外して、ジェンの骨ばった片脚を持ち上げる。小便のにおいと鼻を突く悪臭が立ち上る。ジェンの片脚を自分の肩に乗せて、黒ずんだ股間をウェットティッシュで拭く。数本しか残っていない陰毛が、黒ずんでたるんだ肌にへばりついている。下へ、ひたすら下へと崩れていく肉体。消毒用のガーゼで臀部全体を拭き清めていると、クォン課長が私を呼ぶ。

誰もが自由に行き来する廊下の片側で、私はこんな言葉を聞く。

「頻繁に消毒される必要はありません」

私はその言葉を一度で理解できない。

「全体的におむつも使いすぎですし、トイレットペーパーやウェットティッシュなども過剰にお使いのようなので」

この人は私が個人的に備品を流用したとでも思っているのだろうか。いたずらに浪費していると疑っているのか。いや、そんな意味じゃないことはすぐにわかる。

「奥さん。これはすべてお金なんですよ。もう少し節約してほしいというお願いです。こういうことを申しあげるのもあれですが、おむつも切って使えば数回は使用できるじゃないですか。実際に他の方々はそうしてますし。消毒ガーゼも必要な分だけ使うことができます。やろうと思えば節約できないものなんてないんです」

国の補助金で生き永らえている患者の面倒を、ほとんどの施設がそういうやり方でみていることを私も知らないわけではない。私もそういう施設で働いていたときは、決められた量しか支給されない備品を節約するのに血眼だった。療養保護士が競うように新たな方法とノウハウを編み出すと、こっそり真似をして、そのうち真似していることすら忘れてしまうほどだった。

でも、ここはよそとは違う。多額の費用を負担しなければならないし、それだけの待遇を受ける資格を持った人が入居する場所だ。ジェンもそうだ。後援と寄付金という名目で、決して無視できない額の支援がジェンの入居に付いてきたことを、内部の人間はよく知っている。これまで施設の関係者がジェンに見せてきた手厚い対応も、そうした事実と無関係ではない。

それでも私は答えの代わりにうなずいてみせる。不用意な発言で不機嫌なようすを気取《けと》られたくないからだ。この間の取材がめちゃくちゃになったからだろうか。そのせいで、なんの後援も得られなかったのだろうか。記憶を失ったジェンの過去はもう売り物にならない、だから金にもならないと判断したのだろうか。病室に戻った私はすぐに、ベッドの横にある棚を開いてみる。いずれにしても私にできることはない。私とは無関係だ。そんなふうに自分をなだめながらウェットティッシュとトイレットペーパー、おむつの残りを数えてみる。

「そこに、あたしの包みある?」

ジェンが尋ねる。

私はスカーフでくるんだ包みを見せる。その昔、ジェンがどこかでもらった賞状を集めたものだ。卒業証書、表彰状、感謝状。今は汚い紙くずと一緒くたになっている。空瓶に缶、新聞の束も大量にある。いつからかジェンは、こういうゴミを集めて保管することに執着するようになった。大層な貴重品であるかのようにふるまう。

「ここにちゃんと置いておきますからね。心配しないでください」

「うん。ちゃんと置いといてね。必要なものだから」

ジェンの顔にかすかな笑みが浮かび、ひだのようなしわが浮かび上がる。

私はこの老人ホームに所属している。決められた日に月給をくれるのも、この老人ホームだ。いや、厳密に言うと、私は介護スタッフ派遣会社に登録している人間で、私の業務を評価して、さらに仕事を任せるか決めて、月給をくれるまでのすべてを、その派遣会社が管理している。今はジェンと距離を置いて、クォン課長の指示にきちんと従おうと努めるだけだ。

だが、あくせくと節約に励むのも簡単ではない。特に使用済みのおむつの濡れた部分を切り取って、新聞紙を敷き、トイレットペーパーを重ねてから再び使うのには二の足を踏む。爪の大きさほどだったジェンの臀部のただれは、いつの間にか手のひらサイズまで大きくなっている。ところどころ黒い斑点の見える肌がやけどの跡みたいに真っ赤になることを知りつつも、悪臭のするおむつをあて、ズボンをはかせる。ただれた箇所はすぐ床ずれになるだろう。真っ黒な口を開けて、肌を食い尽くそうとするだろう。

「どうせ老人は痛さも感じないの。その部分の感覚は死ぬんだから。そんなに考えることないって」

あんたもどうしようもないわね、という表情で教授夫人が横から口を出す。その都度、顔に表れる怒りの色をどうやって隠せばいいかわからない。考えてみると、働きはじめて一ヵ月にもならない新入りの女性よりも、私のほうが問題なのかもしれない。彼女たちは感情と呼べるものをすべて家に置いてくるらしい。オンとオフを切り替え、仕事だと割り切ることをまだ難なくできるからかもしれない。

家に戻った私は居間を奪われ、台所も奪われたまま、自分の部屋に閉じこめられている。二階の壁を叩いて、砕いて、釘を打つ音が静かになる。ほどなく二階の手すりから男が大声で叫ぶのが聞こえる。

「奥さん。今日の作業は終わりにします。明後日くらいには完成しますから」

娘とあの子から前払いで受け取った四ヵ月分の家賃は、二階の修繕費に消えた。返事を期待しているわけでないことはわかっているから、私は黙ってただうなずく。日が暮れて、台所でことこと音がすると思ったら誰かがドアをノックした。あの子だ。

「トマトスープを作ったのですが、少し召しあがりませんか？」

テレビの音を下げ、できるかぎりの礼儀をもって答える。

「私は結構です」

ドアが開き、あの子が顔をのぞかせる。

「おいしいですよ。食べてみてください。敬語もやめてくださいね」

私はもういいから、という意味で手を振る。疲労が押し寄せる。動きすぎたせいだろうか。空腹すら感じない。あの子たちが来てから、居間にあったテレビは私の部屋に移された。私への配慮だろうか。居間に出てくるなという意味だろうか。私はテレビをつけたまま、とろとろ居眠りしていた。誰かが入ってきて話しかけ、出ていくのをうとうとしながら感じていたが、睡魔を振り払えなかった。しばらくして目が覚め、意識がはっきりしたときはもう真夜中だった。

そっとドアを開けて居間に向かう。チクタク。秒針が円を描く音。じめじめした空気のせいで、足の裏が床にぺたぺた貼りつく。トイレのドアを開けっぱなしで便器に座るが、ドアをきちんと閉め直してから用を足す。台所はすっきり整頓されている。

シンク台に広げられた真っ白な布巾から漂白剤のにおいがする。万事において、がさつでルーズな娘の仕事ではない。

数日前、洗濯物を一緒くたに洗ったと娘が怒ったことがあった。白いリネンのシャツに赤が色移りしたと声を荒らげた。どうせ白色なんだから、しばらく洗剤につけておけば済むだろうに、ほとんど激怒と言っていい怒りようだった。そういうときの娘は死んだ夫を見ているようだ。腹を立てると一切を見ようとも聞こうともせずに、怒りが収まるまでやりたい放題。相手を困惑させ、恐怖で凍りつかせる。

「洗濯は私がしますから。私がしてもよかったのに、考えが及びませんでした」

娘は力任せにドアを閉めて部屋に入り、洗濯機の前に立っている私をなぐさめたのはあの子だった。娘もそういう話し方ができたらどんなにいいだろう。そんなことを思った覚えがある。娘は私の娘だから、私たちは家族だから、そんな温かい言葉は決して出てこないのだろう。あの子は赤の他人だから、常に適度な配慮と礼儀を示せるのだろう。私はなにも応えず、その場を離れた。私は毎回、あの子の言葉に同意しながらも否定する一言を付け加えることで、あの子と話したいという衝動を抑えつけているのかもしれない。あの子はそれぐらい思慮深くなるときがある。私にどんな言葉が必要で、どんな言葉を聞きたがっているか知り尽くしているかのようだ。

　やかんにきのこ茶が入っている。あの子が沸かしたのは明らかだ。ぬるくなったきのこ茶をすすりながら思う。料理も掃除も上手なのに、なぜ結婚しないのだろうか。家庭を築き、子を産み育て、母となって社会的責任を果たす。そういう意義のある、胸を張れることをしようと思わず、なぜ無意味に時間とエネルギーを浪費しているのだろうか。

　私は習慣のように戸締まりを確認し、導かれるように娘の部屋の前に立つ。手で触れると滑るようにドアが開き、かたかたと回る扇風機の音がする。私は扇風機の風量を少し弱くして、蚊取り線香をドアのほうに移す。それから堪《こら》え切れずにベッドのほうへ顔を向ける。

　タンクトップと短パン姿の娘の腕が、背を向けて眠るあの子を柔らかく包んでいた。仲のいい姉妹。親友。でも、この子たちを惹きつけあっているのは、そんなありがちで平凡な理由なんかじゃない。それがなんであれ、私の推測や予想を超えているのは明らかだ。

　だけど。もしかすると。

娘の勘違いではないか。思慮が足りなくて純真なこの子たちの誤解ではないか。数日が過ぎれば、数ヵ月が過ぎれば、いつそんなことがあったのかと言わんばかりに、最初からなかったことになるんじゃないか。目の前に広がるこの光景をくしゃくしゃにして、小さく丸めて、遠くに投げ捨ててしまうこともできる。そんなはずはないと思いこみ、知らないことにすれば、しばらくは平穏な気持ちでいられるかもしれない。むしろ知らないほうがよかったこと。知らなければ平和だし、自然だと感じられること。でも、実態を知ることになった瞬間。ついに牙を剝いて本性を現すのだろう。真実や事実といった紛れのないものが持つ性質。それらは常に躍りかかろうと待ち構えている。

壁のほうを向いて寝るあの子の脚の間に挟まる娘のふくらはぎ。肌と肌が触れ合い、息遣いが一つになり、互いを惹きつけながら、ついには一つの体になったように見える。顔が火照る。今すぐ二人を起こして、遠くに引き離したい衝動を必死に抑え、音を立てないように注意して部屋を出る。私が使っている部屋を除くと部屋は二つある。扇風機も二つ。スタンドも二つ。テーブルも二つだ。それぞれ一部屋ずつ占拠しているのに、なぜ夜になると決まって、ああしてひっついて寝なきゃいけないいんだろう。でも、せいぜい肌を寄せ合って眠る以外に、なにができるというのだろうか。

あの子たちと過ごす間、今度はなにを目にすることになるのか怖くないわけではない。私はこんな心配をしている。ある瞬間と場面が、なんの予告もなくいきなり目の前に現れる。仕方なく、それらと対峙しなきゃならなくなる。今までは想像や推測でしかなかったものを正視しなければならなくなる。もしかすると私が覚悟していたよりもおぞましくて恐ろしい姿をしているかもしれない、なにかを。

隠されてしかるべきものがあらわになり、ついには目にする瞬間が訪れるのだろう。なぜこんなことが、よりによって私の身に起こったのだろう。それなりの原因があるはずだと思う人もいるかもしれない。火のないところに煙は立たない。そんなくだらないことわざをささやくかもしれない。でも私はそれなりの理由も、原因も、落ち度も見つけることができなかった。だからこうしてお手上げ状態で、見たくもないものを突きつけられながら、つらい思いをしているのだ。

日曜の朝、娘は出かけ、正午になる前にあの子も出かける。私は掃除を口実に、窓とドアを開け放してから娘の部屋に行く。薄い掛布団と衣類を洗濯機に入れて、本と書類でぐちゃぐちゃの机を整理する。

講師解任の撤回要求書。

発見したのはクリアファイルに挟まれた書類の束だった。私は老眼鏡を持ってくると、書類の一番上のページを念入りに読む。学校名の横に職名入りの大きな角印が押されている。押したばかりらしく、朱肉の色が鮮やかだ。注意深く書類の束をめくってみる。娘かあの子のどちらかによって書かれたのは明らかな、怒りに満ちた単語の数々を夢中になって見下ろしていたが、やがて部屋を出る。

「お前も、もうまともな職場を探すべきなんじゃない？」

悩んだ末にもっとも適当だと思った言葉は、せいぜいこの程度だ。でも結局、それすらも言い出せない。お金のせいだ。このすべてがお金のせいだということを私は知っている。この子たちから家賃を受け取らなかったら。税金と食費に充てる名目で、さらにお金を受け取っていなかったら。娘にチョンセで家を借りてやる代わりに、あの子と別れるように要求できていたら。娘の借りた金を私が肩代わりして、あの子に出ていってくれと言えていたら。

これはなんだと問いただして、厳しい顔つきで忠告や助言ができていただろう。

今の私にそんな資格はない。娘をこの世に連れてきたという事実。それだけで資格が続いていた時代は終わった。今や資格はひっきりなしに更新を要求され、私にはもはや、そんな能力も気力もない。それはあの子たちも同じだ。びっくりするような金額を突きつけながら私たちを理解してほしいと要求してきたら、私はどんな反応をするべきなんだろう。金でどうこう言えるような単純な問題ではないと知りながらも、お金についての考えが頭から離れない。

「最近、なにかあったの？」

数日が過ぎたある朝。私は慎重に、やっとの思いでこの一言を選ぶ。あの子が家にいないことは確認済みだ。ソファに座って居眠りしていた娘が私を見上げる。昨夜、娘は深夜の零時を回ってから帰宅した。ほぼ毎日そんな感じだ。夜が明けてから、よたよたと幽霊のように入ってくるときもある。

「母さん、私、疲れてるの。後で話そう」

そのまま通り過ぎようとした私は、びっくりして娘に近づく。こめかみに青あざができている。首筋にはくっきりとした爪痕があり、肩と腕は赤く腫れあがっていた。

「どうしたの。これはなに」

私の声が高くなる。娘は面倒くさいとばかりに私の手を払いのけると、壁のほうを向いて横になってしまう。私は娘を起こすと、断固とした口調で言う。

「一体、どうしたのかって訊いてるの」

「転んだの。転んだだけ。母さん。私のことはほっといてよ」

娘の声が波立つ。私は声を荒らげて、ありったけの力で娘を起こそうとしていたが、泣きべそを見られてしまう。

「一体、私になんの落ち度があったっていうの。三十を過ぎた女が職場もない、結婚するつもりもない、どこからか変な女を家に引っ張りこんでくる、それでもまだ足りなくて、今度は諍《いさか》いを起こすなんて。私を苦しめるつもりとしか思えない。もう年老いた母さんの言うことなんて、はなから眼中にないってことかい」

「ああ、今度はなによ。大したことじゃないじゃない。なんでそんなこと言うの」

娘が顔を上げて私の目を見る。ひびみたいに真っ赤な血管が浮き出た目は充血していた。感情がセルフコントロールの圏外へと逃走してしまう。一瞬の出来事だ。私は開け放してあった窓を閉め、声を低める。

「お前が学んだあのご立派でご大層なものは、一体どこに使ってるんだい。親のことはことごとく無視して、他人の前ではお利口なふり。それがお前の学んだっていう素晴らしいお勉強なんだね」

娘は体を起こし、きちんと座り直す。

「どうして勉強の話になるの。ちゃんと聞いてくれたことなんてあった？　他の人の話はちゃんと聞くくせに、私の話は死んでも聞かないじゃない」

私はさらに声を低めて、淡々と話す。

「お前のとんでもない話は、もう散々聞いたよ。どんな話でこれ以上傷つけるつもりか知らないけど。私にも権利がある。苦労して育てた子どもが平凡に、地道に生きる姿を見る権利があるんだよ」

「平凡に、地道に生きるってどういうことよ？　私の生き方のどこに問題があるっていうの？」

娘が声を荒らげる。私は阻むように娘の手首をつかみ、断固とした声を出す。

「どこに問題があるだって。お前はほんとにわからなくて訊いてるのかい？」

「母さん、あんまりだと思わない？　いつまで続ける気？　もう終わった話じゃない」

記憶はいつもデリケートな部分から目を覚ます。私としては整理することも、認めることもできない記憶。だから口をつぐむこともできず、心は入り乱れ、苛立ちを覚える記憶。またしてもふたが自然に開け放たれる。あそこに、真っ暗な狭い路地を歩いてくる娘が見える。あの日の私は一日中、娘を待っていた。勝手に家を出て自活の道を選んだ娘のワンルームマンションの前を行ったり来たりしながら、日が暮れてゆくのを見守った。娘は夜が更《ふ》けるまで戻らなかった。娘が玄関のドアを開けると、狭くて薄暗い部屋が現れた。薄い布団。小さなちゃぶ台とスタンドしかない部屋。夜も昼も陽の当たらない部屋。娘が紙コップに水を注いで差し出した。床に置かれた紙コップを黙ってぼんやりと見下ろしていた私は部屋を出た。水には手もつけなかった。

そして苦しみの中で気づいた。

娘をたぐり寄せる努力をこのまま続けていたら、この張りつめた危なっかしい紐は切れてしまうんだな。このまま娘を失ってしまうんだな。

でもそれは、理解を意味するものではない。同意を意味するものでもない。私はただ、自分が握りしめていた紐を緩めただけだ。娘がもう少し遠くまで動けるように譲歩しただけだ。期待を捨て、欲を捨て、またなにかを捨て、捨て続けながら引き下がっただけだ。それがどんなに苦しいことだったか。娘はほんとにわからないのか。わからないふりをしているのか。わかりたくないのか。

「終わった話だなんてとんでもない。ほんとにわからないの？　毎日こんな光景と向き合って生きる気分がどんなもんか、一度でも考えた？　すっかり成長した自分の子どもの尋常じゃない生き方を見なきゃならない気分がどんなもんか、考えてみたことある？」

娘は呆然と天井を見上げてため息をつくと、服を着替え、玄関のドアを開ける。こちらを振り向いてなにか言うのかと思ったが、そのまま出ていってしまう。動揺が鎮まり、昏から安堵のため息が漏れる。

私は善い人だ。

生涯にわたって、そうあろうと努力してきた。善い娘。善い兄弟。善い妻。善い親。善い隣人。そしてずっと昔は善い先生。

ほんとに大変だったんでしょうね。

私は共感する人。

最善を尽くしたのならいいじゃない。

私は応援する人。

全部わかるよ。もちろん、わかってるって。

私は気持ちを汲む人。

いや。もしかすると臆病な人。なにも聞こうとしない人。飛びこもうとしない人。のめりこもうとしない人。着ている服を、自分の体を汚そうとしない人。境界に立っている人。耳当たりの良い言葉と不快感を与えない表情で、誰にも気づかれないように少しずつ後ずさりする人。今も私は善い人でありたいのだろうか。でも今、どうしたら娘にとって善い人になれるのだろうか。

数日の間、娘と私の間には真っ暗な沈黙が流れる。

＊

バスを降りると雨は完全にやんでいた。私はむんむんするターミナルの椅子に腰を下ろす。売店と汚いトイレ、チケット売り場がすべてのターミナルを行き交う人といったら三、四人がいいところだ。膝がずきずきする。尖った針で敏感な部分をちくちくと刺しているみたいだ。ようやく体を起こしてターミナルを出ると、黄色い陽光の中でタクシーを捕まえる。唇を舐めてみるが、乾ききった口の中に唾はたまらない。

「なんですって？　ティ、なんです？　誰ですか？　どんな関係ですか？」

のろのろ歩きながら出てきたかなり年配の警備員は、ぱたぱたと帽子をはたきながら私をじろじろ観察するばかりだ。正門の向こうに巨大なトラックが見え、古びたコンテナが積まれているのも見える。

「後見人がいたんですってば。その人に。その方が老人ホームに入っていらっしゃるんです。いくつかお知らせすることがあったので来ました」

「後見？　なんですって？　なんですかそれ？」

脚ががくがく震える。ビニールハウスが並ぶ田舎道を長いこと歩いたせいだ。喉が渇き、目がひりひりする。この国の工場は、どうしてみんなこうなんだろう。色彩豊かに建てられないのだろうか。どうして一面を灰色で武装し、近づくことを拒み、不親切な態度で人を気後れさせるのだろうか。

「ちょっと。それ以上は入らないで。そこで待っててください。ああ、えっとね、そこで待っててくださいってば」

警備員は警備室の窓を開けると、手を伸ばして受話器を握る。工場の入口に座りこんだ私の頭上に日差しが照りつける。膝がずきずき痛み、足の裏がちくちくする。こういう瞬間は罰を受けているのだという確信が頭から離れない。一体、私はなにを反省して、なにを悔やまなければいけないというのか。誰でもいいから教えてほしい。

「どちらさまですか?」

最初に出てきたのはティパではなかった。ティパの同僚だと自己紹介したその男は、私の身なりをチェックすると再び工場の中へ入っていく。本人が出てきたのは、それから数分後だった。すらりとした容姿の持ち主だった。私が想像していたような黒い肌でも、がりがりのちびでもなかった。整備工が着るようなつなぎの作業着を着ていなかったら、かなりの好印象を与えるのではないだろうか。花婿候補といっても遜色ないほどだ。はじめて会う男性と娘を並べて立たせてみる。ほんの気まぐれだと思いつつもやめられない。彼は手袋を脱いで、上着のファスナーを少し下げる。油と汗のにおい、鼻がつんとする薬品のにおいのようなものが一挙に押し寄せてくる。私はひりひりする目をこすりながら、どんな話を、どこからはじめるべきかわからないという気分になる。

「イ・ジェヒ。イ・ジェヒさんです」

私はジェンの本名を何度か口にしてからジェンの話をする。ティパの頭の中にジェンの名前が浮かぶまで、かなりの時間を要する。彼の表情から、記憶が瞬きながら点灯したことをすぐに読み取る。

「今は老人ホームに入居されています。老人の病院です。ほら、高齢の方が過ごす場所ですよ」

私が言い、ティパが尋ねる。

「ひどく悪いんですか?」

「ご高齢ですからね。もう一人で暮らすのは難しいでしょう」

ティパがひとりごとのようにつぶやく。

「そのとおりです。高齢ですね」

狭い日陰の中、低い話し声が行き交う。私は落ち着いて待つ。会話が続いて、私が考えた筋書にたどり着き、用意してきた言葉を自然に切り出せるまで。そして、その瞬間はすぐに訪れる。

「一度、老人ホームに来ることはできませんか？　来てください。会いたがってます」

それは嘘だ。でも彼が訪ねてきてくれたら、ジェンに対する処遇が少しは変わるかもしれない。少なくとも今みたいに、無礼で頑なな態度でジェンに接することはできなくなるはずだ。私が期待しているのはそれだけだ。

「一度来てください。そうしましょうよ」

ティパのつぶらな瞳が、私をぼんやりと見下ろしている。

「少しだけと断ってきました。すぐ戻らないといけません。私には休日がありません。連絡先をください。ご連絡しますから。私は携帯を持っていません」

彼は作業着の袖をいじりながらつぶやく。面倒で厄介だといった調子だ。擦《す》れてぼろぼろの袖先は真っ黒だ。もしかすると、ほんとうに余裕がないのかもしれない。それでも失望と腹立たしさは消えない。警備員にボールペンを借りて電話番号をメモしているとティパが言う。

「私も一度会いたいと伝えてください。ほんとです。いつも気になってました。必ず会いに行きますと」

私と目が合うと、もう一言付け加える。

「会ったことないんです。一度も」

私は工場名と電話番号をメモしてから、狭くて舗装されていない道を戻る。トラックとオートバイが通り過ぎるたびに、黄色い土ぼこりが舞う。

「なんてこと」

そのたびに私は立ち止まって路肩に避けていたが、ついに完全に立ち止まる。そして遠くに見渡せる山のほうへ向き直る。目がひりひりして違和感があると思っていたら涙がこぼれ落ちた。

「どういうつもりで会ったこともない人に。他人も同然のあんな子に、毎月お金を送ろうと思ったんだろう」

目頭を拭う。汗なのか涙なのかわからないものが、手の甲をじっとり濡らす。

「なんてこと。あの人はどういうつもりで、こんな惨めで呆れた行為を何十年も続けてたのかしら」

それがなんであれ。受け取る側はいつも気づかないのだ。推測や想像では知りようがないから。自分が受け取ったものがなんなのか、それを手に入れるために誰かが引き換えに手放したものはなんなのか、だからその金がどんな光を帯び、どんなにおいを漂わせ、どれほどの重みを持つのか、決して知ることはできない。そんな貴重なものを誰かにあげなければならないとしたら、あげられるとしたら、そのたったひとりの誰かは家族だ。呼吸と体温、血と肉を分け合った自分の子どもしかいない。

ジェンはどうして、そんな虚しいことに手を出したのだろう。

結局はこんな工場で休日もなく、体に悪い化学薬品に一日中晒《さら》されながら働くことになる子どもに、どうして援助なんてしたのだろうか。若かりし日の貴重なパワーと心血、時間をむやみに分け与えたのだろうか。足元に大きな蟬が二匹、ひっくり返ったまま死んでいた。近くには小さな羽虫の死骸もうず高く積まれている。ちょうど大きな街灯の真下だ。

「一体、どういうつもりだったんだろう」

私は屈むと、ぱさぱさの死骸を茂みの方によけてやる。指先でつまんだら粉々になって本来の形を失ってしまう。しゃがんでいた私はついに、脚を伸ばして座りこむ。焼けつくような日差しに照らされた道路が熱い。しばらくそうして座っている。

遠くに見える風景がじっとりと膨れ上がってはへこみ、また膨れ上がる。

＊

日が暮れるころにようやく帰宅したときには、ほとんど精も根も尽き果てた状態だった。口からは高熱が出たときのような口臭がして、足の裏から上がってくる熱が体を伝ってよじ登る。門の前に立ったとき、誰かが栽培したりんごを取寄せたのだが持っていいかないかと、教授夫人から電話があった。最近はどうして早朝礼拝に出てこないのかと催促するメールもあった。私はそのどちらにも誠意をもって返答してから鞄をまさぐる。ようやく鍵を見つけて握った瞬間、ドアが開く。

「おかえりなさい」

あの子だ。

「グリーンは遅くなるそうです」

玄関の階段に子どもが二人座っている。二階の子たちだ。教科書を入れたリュックを敷いて座る男の子に比べて女の子は体格が小さく、はるかに幼く見える。子どもたちは階段に置かれたものを指さしてくすくす笑うばかりで、私の方を見向きもしない。

「なにしてるの、ここで」

私が尋ねると、下の子がぱっと顔を上げてささやく。

「おだんご。わたしが作ったの」

そう言うと、口を大きく開けてそのまま飲みこもうとする。私は下の子の小さな握りこぶしを自分の手で包んで頭を振る。火を通していない小麦粉を食べたら、お腹を下すのは目に見えている。小さな子どもの体はごく些細な問題にも大きく反応するから。一週間も下痢が続き、泣いてぐずって、夜通し母親を眠らせないかもしれない。うちの娘がそうだったように。まだ若葉のようにか弱くて、柔らかな体。でも力強くて熱い血が、すぐにこの子どもたちをすくすく成長させるだろう。子どものさらさらした髪と、顔の透きとおるような肌に私は目を奪われる。

「焼いてあるので食べても大丈夫です。熱いから、ふうふうして食べてごらん。中に蜜が入ってる」

あの子が言い終わるのとほぼ同時に、男の子が一つを摑んで食べる。

「蜜が入ってるの？　ほんと？」

女の子がおだんごの一つを眺め回しながら尋ねる。男の子は私とあの子を見上げながら、恥ずかしそうにうなずくばかりだ。

「ママはどこ行ったの？」

子どもたちを避けて階段を上がりながら私が尋ねる。男の子がまごまごしている間に女の子が答える。

「ママはおしごとに行った。バスに！」

「バスに？　どのバス？」

私が尋ねると、女の子がかん高い声を出す。

「バスの運転。ぶーんぶーん。わたしも乗ったよ。こーんなバス！」

「おい、違うだろ？　バンだってば。バスじゃなくて」

私はしばらくの間、子どもたちの母親が過ごしているであろう長くてきつい一日について考えてみる。でも、その程度も務まらない人間がどこにいるだろうか。言い争う子どもたちをそのままに、家の中に入る。

「二人とも家に入れなくて、道端に座っていたんです。だから入ってくるように言いました。誰かが帰ってきたら上がらせます。おだんご、少し召しあがりません？」

あの子がついてきながら言う。香ばしくて甘いにおいが家中に満ちている。私は首を横に振る。空腹を感じる気力すらない。手を洗うと、ようやく水を一杯持ってきてソファに座る。腰を伸ばしてまっすぐ座ってみようとするが、すぐに前かがみになる。腰のきしむ音が聞こえてきそうだ。外で笑い声が弾ける。くすぐる声。羽毛のように高く舞い上がる声。人が暮らす家なら当然聞こえてこなきゃいけないはずの、幼い子どもたちの声。

「こっちに座ってください」

私は水を飲むと、言葉を選ぶ間もなく口を開く。娘に関する話だ。もっと正確に言うなら、娘の体に残る得体の知れない傷と暴力の痕跡についての質問だ。

「グリーンに訊いたらどうですか。私が話すことではないと思います」

あの子は断固とした態度で応える。わざと強情で憎たらしい態度をとっているように見える。私はこんな話をする。少なくとも今みたいに一つ屋根の下にいる間、私はほんとに努力しているし、色んなことを我慢している。だからあなたも、このぞっとする同居生活に最低限の努力を示してこそ公平なのではないかと。話を聞くあの子の視線が床の一点にとどまる。そして、どう話すべきかわからないという表情で口を開く。

「昨年の秋に、数人の講師が大学を解雇されたそうです。普通だったら契約がそのまま更新されるはずなのに、事前の予告もなくいきなりだったと言ってました」

私は話を続けろという意味で、あの子の目を見る。心臓をわしづかみにされるような痛みを、またしても味わう羽目になりそうな予感に、口を開けて深呼吸する。今度はなにをやらかしたのだろうか。早まって、軽率に、今度はまたどんな後悔をするような出来事にエネルギーと時間を浪費しようとしているのだろうか。あの子の言葉が続く。

「不当解雇ですから。力を貸さなきゃと思っているみたいです。今は違っても、いつ自分たちの問題になるかわからないですし。それに、その人とは以前からの知り合いでもあって。だからみんなで学校側に抗議してるみたいです。人を集めて、広く知らせて、まあ、そんなことをしてるって聞きました」

しばらく目を閉じてから開く。白っぽくぼやけていた家の中の風景が、徐々にもとの輪郭を取り戻す。力が抜けて呆然とする。

昨年の秋だなんて。なんてこと。そのためにチョンセを使い果たしたのか。なんの関係もない他人事に、見て見ぬふりをすれば済む話に、またおせっかいを焼いて、干渉して問題を起こすのか。火がついたように胸の中が熱くなる。

「それなりの理由があるから、学校側はそうしたんでしょう。理由もなく、そんなことするはずがないじゃない」

私は言う。するとあの子の口からなんのためらいもなく、こんな言葉が飛び出す。

「理由といえるような理由はありません。講義そのものを問題にしているみたいですが、ただ嫌なんでしょう。同性愛者だから。追い払いたいみたいです。その人たちを。解雇された人たちのことです」

同性愛者だなんて。その単語は私になんの許可も求めず、まっすぐ耳の中へ押し寄せて頭を貫通する。こんなに暴力的な、一方的なやり方で押し寄せてくる言葉の数々。あの子がそれ以上なにか言う前に、かろうじて訂正する。

「私の娘はそんな人間じゃありませんよ」

「グリーンのことを言ってるわけでは。今回、クビになった人たちのことです」

あの子は困った顔で爪をいじる。手の甲が粉をふいている。やけどに違いない跡、鋭利なもので切ったらしい傷跡。一瞬、それらに目を奪われる。でも、やっぱり我慢できなくて言う。

「二度とそんなふうに言わないでください」

あの子は黙っている。しばらくして、まだ話すことがあるかと尋ね、静かにドアを開けると自分の部屋に入ってしまう。

それから数日、私は家に帰らずに老人ホームに泊まりこむ。ジェンの容体が悪化したためだ。いや、娘の問題を受け入れる時間が必要だったのかもしれない。ジェンの顔から表情といえるものが消え去った。たった数日の間に元気がなくなり、活気を失い、まるで少しずつすべてを失う準備をしているかのようだった。

「ほら、高校生のとき。友だちのお姉さんの家に居候してたじゃないですか。ほんと、がむしゃらに勉強したものでした。親は私が勉強するのが気に食わなかったんです。でも、内緒でこんなこと思ってました。大人になったらアメリカに行って、日本にも行かなきゃ。遠くに行かなきゃ。おばあさま、あなたのように」

真っ暗な窓のほうを眺めながらささやく。私の手を握ったジェンが瞬きする。黒い瞳。目じりは弾力を失い、しわが刻まれ、瞳は日ごとに深みを増していくようだ。

「アメリカで勉強されたと言ってましたよね。フランスでも。あちらはどうですか? いいですか?」

私はジェンの耳元でアメリカ、フランスと言ってから外国、と声を大きくする。

「外国? 外国にいたよ」

ジェンのたるんだ口元にかすかな笑みが広がる。

「あちらでなにをしていらしたんですか? どんなことをしてたのかって」

「うん。そこで? 仕事をしてたさ。勉強も。ここと同じ。もう、よく覚えてないの。大昔のことじゃない」

「つらいことはなかったですか? つらいことはなかったかって。外国でひとり暮らしでしょう」

「そのころは元気いっぱいだった。若かったじゃない。疲れを知らなかった。楽しいからやってたの」

ジェンが私の手をぎゅっと握るのが感じられる。私はうなずきながら、うん、うん、と相づちを打つ。それから再びティパの話を切り出す。

「ところで、ティパのことはなんにも覚えてませんか? ティパ、ティパですよ。

フィリピン人。外国の子ども、いたじゃないですか」

「誰それ？」

ジェンは面白そう、というようにささやく。私はジェンの耳元で記憶をたどる助けになりそうな話を、もう少ししてみる。でも、私がティパについて知っていることはあまりない。

「おばあさまが育てたも同然じゃないですか。毎月、お金を送られていたでしょう。覚えていませんか？」

「いやいや、私に子どもはいないよ。子どもいるの？　何人？」

ジェンが尋ねる。

「私ですか？　娘が一人」

「娘がいるの？　いいね。いい。きれいだろうね。お母さんに似て。お母さんきれい。きれいだね」

しばらく沈黙が流れる。余計な話をしたと自分を責めていると、窓の向こうを凝視していたジェンの瞳がゆっくりと私のほうに戻ってくる。

「今日は帰らないの？」

「帰らないと。もう少ししてから」

「子どもいるの?」

「娘が一人」

「息子はいなくて娘が一人?」

「はい。娘が一人」

「いいね。いい。きれいだろうね。お母さんがきれいだから」

　同じ会話を三、四回してからようやくジェンを寝かせ、布団をかけてやる。しばらくするとジェンの規則正しい呼吸が広がる。けほけほと荒い呼吸が聞こえると、そっと体を起こしてベッドの高さを調整する。数ヵ月前に同室の老人が亡くなってから、この部屋に新しく入ってきた人はいない。他より多額の費用を負担しなければならないからだ。

「勉強させすぎたみたいです。うちの娘。あの娘《こ》は思う存分、勉強してくれたらと思っていました。大学に行って、大学院にも進んで、そうしたら教授にもなって、いい旦那さん候補ともめぐり逢って、そうなるだろうと思ってました。それなのに。うちの娘はほんとに馬鹿です。一体、なにを考えているのかわかりません。最近はあの娘のことを考えるだけで胸がふさがります。私が悪いんですよね？　きっと落ち度があったんでしょう。私に。でも、わからないんです。どうしたらいいのか。私なんかになにができるのか。それでも母親じゃないですか。この世で私以外に、誰がそんなことをしようと思いますか」

鎮まっていた心が一方に傾きはじめ、たゆたうのが感じられる。私は呼吸を整える。真っ暗な窓の向こうに、なにかが瞬きながら浮かび上がる。飛行機だ。

「ほんとに腹立たしいです。どうしてあの娘は平凡に生きようとしないのかしら。どうしてそういう努力すらしないのかしら。どうして私は産んだのかしら。あの娘を産んだとき、どんなにうれしかったか。見つめていると驚いたり不思議に思ったり、眠るあの娘を見下ろしているときは愛としか言いようのない感情がこみ上げてきたものでした」

私は話を中断すると、言いたい言葉を裁ち切るように、奥歯を噛み合わせてかちかちと鳴らしてみる。どの言葉もどうしても声になって出てこない。しっかり打ちこまれて決して引き抜けない鉄釘のようだ。どうしてよりによって女が好きなのでしょう。他の親は生涯考える理由も必要もない問題を投げつけてきて、どうだ、乗り越えてみろと言わんばかりに迫り、急《せ》き立てるのでしょう。どうして自分を産んでくれた私をこれほどまでに悲しませるのでしょう。どうして娘はこんなにむごいのでしょう。どうして自分のお腹から出てきた子どもを恥ずかしく思わきゃいけないのでしょう。あの娘の母親だということを恥じている自分が嫌です。どうして娘は、私に娘を否定させ、自分自身や生きてきた時間のすべてまでを否定させるのでしょう。

ようやく眠りにつくころ電話が鳴る。受話器越しに娘の浮き立った声が流れてくる。

「母さん、どこ? うん? 今日はそっちに泊まることにしたの? レインがそう言ってたけど? そこじゃあ、寝づらくない? 大丈夫?」

まるで何事もなかったかのような話し方だ。ざわざわした声の背後に、かすかに音楽が聞こえてくる。

「いま何時? お前はどこにいるの?」

私はそっと病室を抜けると、非常階段のほうへ向かう。

「家に決まってるじゃない。今? ねえ、何時なの? え、ほんとに? 終バス、行っちゃったよね。どうする? じゃあ、泊まっていきなよ。大丈夫。泊まっていきなって」

近くにいる誰かと話すのに気をとられていた娘が、しばらくして受話器に戻ってくる。

「家なんでしょ？　誰？　誰を連れてきたの？」

胸がどきどきと音を立てながら激しく揺れはじめる。一体また誰を連れてきたのだろうか。夜になるとひっそり静まり返るあの界隈で、この子たちはまたどんな騒動を引き起こすのだろう。誰かの目に触れはしないだろうか。怪し気な目撃談が一軒、また一軒と伝わるにつれて大きくなり、歪曲され、町内をひそやかに引っかき回すのではないだろうか。そして最後には私の耳へと攻めこんでくるのではないだろうか。

「ああ、ただの友だち。ちょっと必要なものを取りに寄ったんだけど、遅くなっちゃった。とにかく母さん、そこ、不便じゃない。そこでどうやって寝るの？　ところで、ここにいるみんな、泊めていい？　どうせ朝早くに出るから。ほんと、こんな時間になってるなんて気づかなかった」

私は階段の端にしゃがみこむ。忠告するべきか。お願いするべきか。とがめるべきか。なにも言わないほうがいいのか。私は早朝にいったん戻るからと伝えて電話を切る。その後は空が白むまで眠れず、しきりに寝返りを打つ。

家の前の路地に入ると夜が明けてきた。ふと、お向かいの男性が飛び出してくるような気がする。そんな理由も必要もないのに気を揉んでいた私は、門を開けるとようやく落ち着きを取り戻す。がたん。鉄製の門が開く音は驚くほど大きい。玄関のドアが半分ほど開いている。窓も開け放したままだ。戸締りもしないで寝ているのだろうか。どうしてこの子たちはこんなに不用心なのか。

「母さん?」

玄関を埋め尽くした履物を見下ろしていると、娘が走り出てくる。質問する暇もなく、台所から一団が現れる。辛くて香ばしい料理のにおいも後からついてくる。女性が三人、男性が二人、そしてあの子。一瞬で居間がいっぱいになる。

「おはようございます。いきなりお邪魔してすみません。昨日はほんとに余裕がなかったものですから」

ぶ厚いメガネをかけた女性があいさつすると、横にいる人たちも口々にあいさつする。早朝だというのにみんなズボンを膝までまくり上げ、顔は赤く上気している。居間の真ん中に長い布と木の板、色とりどりの紙とプリントが広げられている。

「私のことは気になさらずに。ゆっくりしていってください」

部屋に入ろうとする私を、みんなが台所へと引っ張る。結局、四つしかない椅子の一つを私が占領する。ふわふわの茶碗蒸しと茹でたじゃがいも、トマトとブロッコリーを炒めた料理、きゅうりとキャベツで作ったサラダ、かりっと焼いた食パン。唐辛子をたっぷり入れたラーメンもある。特に空腹は感じていないのに、あの子が作ったに違いない料理を味わう。

「いい味つけでしょう？　食べてるときはわからないけど、しばらくご無沙汰するとやたら思い出すんですよ」

向かいに座った男性が食パンを頬張りながら言う。

「レインが働いてるお店、行かれたことないですよね？　どこだっけ？　最近とにかく人気の店です。外国人もよく来るし」

メガネをかけた女性が付け加える。私は黙って会話に耳を澄ます。そうしてこの人たちにとって、娘とあの子はどんな人間なのか推察してみる。娘とあの子が会っているこの人たちは、どんな部類の人たちなのかも考えてみる。食卓の横に立って長いきゅうりをかじっている娘はなにも言わない。眉間にしわを寄せたまま考えにふける表情。声を立てずに口だけ動かしてあの子と言葉を交わす姿。首筋にはまだ赤い傷跡が残っている。娘は一体、外でなにをしているのだろうか。

「あ、私は研究所にいます。こちらは記者。この方はある団体の常勤監事をしています。この人は小学校の先生です」

驚いたことに彼らの中には既婚者もいる。職場も家庭もある人たち。そんな必要もないのに、どうして自分となんの関係もないこんなことに首を突っ込んだのだろう。この件が自分となにか関係があると思っているのだろうか。私はなにもわかっていないような気になる。だからどんな表情で、どんなことを、どんなふうに話せばいいのか見当がつかない。娘の友人に接していたころのように気楽に触れられない。

「みんな、自分の仕事も忙しいでしょうに」

私の言葉の裏に隠された意味に誰も気づけない。称賛なのか弁明なのかよくわからない話を仲間同士でしていたが、ひとりふたりと席を立つ。最後に残ったのはあの子だ。

「少し残ったので包みましょうか」

あの子が空いた食器を流しに運びながら尋ねる。私は首を横に振る。慌ただしく家を出ると、だいぶ歩いてから家のことを思い返してみる。トーンの異なるいろんな人たちの声が、家の隅々にまで積もっていた沈黙を払いのけて活気を呼び起こす姿。うずくまっていた家が伸びをして、はじめて家らしい家になった姿。つまり私はこんなことを願っていたんじゃないだろうか。常に人の出入りがあって賑やかな状態。たまにはこうだったらいいのにと。

でもあの人たちは今この瞬間だけの善い友人、同僚にすぎない。ひとたび背を向ければそれまでの関係だ。今この家に必要なのは、いつでも立ち去れる人間ではなく家族だ。娘を守れるのは家族だけ。こんな誰の目にも明らかなことを、一体どうやって娘に言うべきなんだろう。

*

午前中になると病室がざわつきはじめる。月に二回ある入浴の日だからだ。以前、老人を一人で抱きかかえていた療養保護士が前のめりに倒れたことがあった。その老人は膝と肘が割れて使い物にならなくなった。老人の子どもたちがやってきて大騒ぎしている間、看護師が一部屋ずつ病室を回って療養保護士に口止めした。結局その日の夕方、老人を担当していた療養保護士を解雇することで事態は収束した。

隣室には新入りの女性しかいない。老人が四人に療養保護士が一人。私がジェンの世話だけをしているのに比べると仕事がきつすぎる。私は廊下をうろうろしながら教授夫人を探したが、諦めて新入りの女性に助けを求める。

「あの方は一人で移動させても大丈夫じゃないですか」

彼女は男性のズボンを脱がせて、おむつを替えているところだった。性器にビニール袋をかぶせ、ゴムで固定してから、半分ほどの大きさのおむつをその上にあてる。そこまでしなきゃいけないのかと思うが、私は黙って目を背けるだけだ。新入りの女性だけを非難することはできないから。不満そうな彼女をなだめて病室に戻ってくると、なかはもぬけの殻だ。私は床に散乱している患者服の上衣とシーツを拾い、ジェンの名を呼ぶ。病室にも、廊下にも、ジェンの姿は見当たらない。

「だから手でも縛っておかないと。見つけたら呼んでください」

新入りの女性は戻り、私はしばらくして一階の洗濯室でジェンを見つける。ジェンは長い窓の脇にはりついて、外を眺めているところだった。

「ここにいらっしゃったんですね。探したんですよ。どうしてここに?」

ジェンは私を見ながら、そろそろと後ずさりする。ジェンの手になにかが握られている。食事を盛るステンレスのトレイを載せたカートが廊下を通り過ぎ、騒々しい音を立てる。私は手を伸ばして、一歩また一歩と近づいていく。

「お風呂に入らないと。さあ、早く行きましょう」

ついにジェンの手を握ったとき、片方の足が滑って倒れそうになる。ジェンの幅広のズボンはびちょびちょで、床に水たまりを作っている最中だ。私はジェンが握りしめているものをひったくるように奪い取る。再利用するために半分ほどの大きさに切ったおむつだ。窓の下と棚はジェンのおむつから染み出した大小便が点々とついていた。

洗面台の脇の手すりをつかんだ素っ裸のジェンが、かろうじて立っている。水っぽい便がジェンの臀部から内ももを伝って、ふくらはぎへと流れ落ちる。はじめてのことでもないのに、ひどいこと、なんてむごいこととつぶやきながら、私は歯を食いしばる。

「少しだけ我慢してください。急ぎますから」

新　刊

落語—哲学

中村昇 著　四六判／272P

笑える哲学書にして目眩へと誘う落語論、誕生！　ウィトゲンシュタインからニーチェ、西田幾太郎にいたるまで、古今の思想を駆使しつつ、落語を哲学する。水道橋博士推薦！

1,800円＋税

クロード・モネ　狂気の眼と「睡蓮」の秘密

ロス・キング 著／長井那智子 訳　A5判／428P

晩年の代表作「睡蓮」大装飾画はいかにして描かれたのか？様々な困難に見舞われながら描かれ続けた大装飾画の創作背景と、晩年の画家の知られざる生活に、豊富な資料を用いて迫った傑作ノンフィクション！　3,800円＋税

常玉 SANYU 1895-1966　モンパルナスの華人画家

二村淳子 編　B5判変型／160P

現在、アジア近代美術において最も有名な画家のひとりに位置づけられている中国人画家、常玉（サンユー）。中国で生まれ1920年代に20代でフランスへと渡り、パリのモンパルナスで活躍した常玉。日本ではまだ「知る人ぞ知る」存在である彼の作品と人生を紹介する、初めての作品集。奈良美智、小野正嗣推薦。　3,700円＋税

この空のかなた

須藤靖 著　四六判／184P

「われわれは何も知らなかった」。宇宙について知れば知るほど、その思いが強くなる。美しく壮大なカラー写真を入り口に、宇宙物理学者がそこに潜む不思議を語る。高知新聞の同名連載、待望の書籍化！　1,700円＋税

真実について

ハリー・G・フランクファート 著／山形浩生 訳・解説　四六判変型／144P

世にあふれる屁理屈、その場しのぎの言説が持つ「真実」への軽視を痛烈に批判した、『ウンコな議論』の著者による「真実」の復権とその「使いみち」について。「ポスト真実」の時代に、立ちどまってきちんと考えてみよう。　1,400円＋税

「やだ。いやだってば」

弾力を失ってたるんだ肉が、痩せ細った骨にぶら下がっている。揺れる肉を石けんでこすり洗いする。ジェンの脚がぶるぶる震える。泡のついた手で、股を入念にこすり、真っ黒な床ずれの周りの死んだ組織を取り除く。

この女性は、どういうつもりでこんなに長生きしてるんだろう。

こういう瞬間に、生がどれほど残酷なものか気づくのかもしれない。一つの山を越えたと思ったらまた山が現れて、さらにまた別の山が出現する。期待して山を越え、ついには諦めながらも山を越え、それでも生は決して緩やかにならない。寛大な心やおおらかな心を期待するのは不可能な相手。結局は負ける闘い。負けてようやく終わる闘い。

ジェンがふらついてバランスを崩す。私はとっさにジェンを抱きとめる。空気の抜けた風船みたいにしわくちゃなジェンの体は、思っていたよりも重い。それは骨とタンパク質、脂肪と水分ではなく、いくつもの層に積み重ねられた時間と記憶の重さなのかもしれない。昔と同じように熱くて赤い血が流れている証拠なのかもしれない。

私はそうやって、ジェンは今も人間なのだと思おうと努める。

「力を入れてください。力を。脚に力を入れてってば」

私の首を抱えるジェンの手に力が加わる。一体どこからこれほどの握力が出てくるのか不思議なほどだ。息が詰まる。反射的にジェンの手を引きはがそうとしたとき、ジェンが私の首筋に力いっぱい噛みついた。

「あ、あ、痛い。痛いですってば」

私の声が大きくなるにつれ、ジェンの抵抗も激しくなる。ついには両手で私の髪をつかみ、ぶら下がらんばかりの勢いだ。ジェンの熱く激しい息遣いが私の耳に踊りこむ。シャワーヘッドが暴れながら、あたり一面に水をまき散らす。こんなことしてたら死んじゃうかも。ほんとにこのまま死んじゃうかもしれないと思った瞬間、ドアが開いて誰かが現れる。

「ちょっと、何事?」

食堂で働く調理師だ。白い衛生服を着たその女性はおろおろしつつも、看護師を呼びながら廊下の向こうに遠ざかっていく。

若者でにぎわう通りの真ん中に立っていた。真夏の空気が舗装された歩道を溶かしてしまいそうな勢いで燃え上がる。暑さの中で建物は踊るようにゆらめき、視界がぼやける。

＊

「さて、どこに行ったらいいのかな?」

自らに問いかけるが、愚図でのろまな私から答えは出てこない。結局、誰かを呼び止めて助けを求めるしかない。これって道路の端っこに立って手を振りながら、捕まらないタクシーを捕まえようとするのと似ている。いや、もっと難しいことなのかもしれない。幸いにも黄色いスニーカーを履いた女性が、うちわであおぎながら高架橋を指さす。

暗くてひんやりしたガード下を抜けると、ようやく学校の正門が見える。人を疲弊させる真夏の蒸し暑さ。汗を拭うたびにじっとり濡れた肌で手のひらがべとつく。正門が見渡せる位置にある売店の横に、崩れるように座りこむ。

「署名をお願いします。署名しましょう」

道の向こう側の正門前に折り畳みテーブルを広げ、声を張り上げている人たちが見える。テーブルの後ろにはお粗末なテントも張られている。目を刺すような日差しのせいで、横断幕に書かれた文字がよく見えない。

「冷たい水はいかがですか?」

高齢の女性が売店の外に顔を突き出して尋ねる。なにも買う気がないなら場所を占領するなという意味だろう。私はうなずいて千ウォン札を渡す。半分ほど凍ったミネラルウォーター。一口、二口と口に含み、ゆっくり飲みこむ。観光客らしき一団が円形に群がって立つと、互いを呼んで写真を撮りながら騒々しく道を渡っていく。視界をさえぎっていた彼らが去ると、再びチラシを配りながら声を上げる人たちが見える。

「暑さも感じないみたいですね。この炎天下の中、一日中ああして立って」

低くて狭い扉から出てきた店主の女性がつぶやく。

「もっとも、最近はああいう人だらけじゃないですか。この前も区庁に行ったんですけど、あそこの前も大騒ぎでした。みんな不平不満の多いこと。泣き言を並べれば、なんでも聞いてくれると思うのが問題なんですよ。感謝もしないで」

　店主の女性はうちわではたはたとベンチを叩くと私の横に座る。激しい雨のような蟬の声がしばらく通り過ぎていく。うぃーんという機械音がしはじめたかと思ったら、鉄板を引っかくようなおぞましい音の耳鳴りが何度か続く。騒音が途切れるとすぐ、心の中にめまいのような静寂が満ちる。

「でも、みんな余裕がなくて生活は厳しいけど、こうやってお店があると、どれだけ心強くていいでしょう」

　私はなんとか話題を変える。相変わらず視線は道の向こう側に向けたままだ。バスが連なり、長い電車のように通り過ぎていく。

「こんな猫の額ほどの店にずっと座ってたって、お金になんかなりませんよ。近所にコンビニもたくさんできたし、バイク便の運転手がタバコを何箱か買っていくのがせいぜい。それでも、もっと苦しい人たちのことを思えばありがたい話です。そう思わないとね」

　道端に座って無許可で長いこと物売りをしていた一部の人に、市が許可を与えたことがあった。もう何年も前の話だ。おかげで店を持てるようになった人たち。一坪ほどの小さな個人商店。にもかかわらず売り上げは一億ウォン、二億ウォンにもなるという話を聞いたことがある。店主の女性の話は続く。時間を巻き戻し、過去にしか進まない話。自分にしか意味のない話。

「ほら、私たちのころは違ったでしょう。だめなものはだめ、いいなら感謝する。そういうもんだと思ってたでしょう。貴重な時間をみんなああやって道に捨てちゃうんだから」

私はうなずきながら店主の女性がいじけない程度に反応を見せて、共感しようと努める。

「ところで、あの人たちはなんて言ってるんですか？」

しばらくしてから私は尋ねる。幸いなことに店主の女性は、興味のなさそうな私の声に隠された複雑な感情に気がつかない。

「さあね。なんの説明もなく学校側が講師を解雇したって話だけど。最近はみんな食べていくのも大変じゃない。学校だからって、あっちもこっちも全員の面倒をみるわけにはいかないでしょう、そう思いません？　あれの前にも何人かが似たようなことをやってたけど、そのときは校内に警察も立ち入って大騒ぎでした。まったく、世の中は一体どこに向かおうとしてるんだか。もうずいぶん長いことやってるから、特に気にもなりませんけど」

私は言う。

「それでも、いきなり解雇なんて許されるんですか」

「だからって、ああして長いこと騒ぐのもいかがなものかと思いますよ。相手のことはお構いなしに、自分の事情ばっかり主張するのはどうなんでしょう」

私は適当に相づちを打ちながら、その場に座り続けた。ミネラルウォーターはいつの間にかぬるくなっていて、私はこのまま道で溶けてしまいそうだ。

「見てみぬふりしないで！　力を貸してください！」

娘に似た、もしかすると娘かもしれない誰かが両手を振り回しながら人を集めているのが見える。一面の夕焼け。くたびれた物悲しい色彩が校門の向こうにまで広がる。こうして私は良き時代が終わりを告げたことを悟る。私が立っている場所、私がとどまる時間、そして私がこれから見ることになるもの。それらを通して、もう二度と戻れない、幸せだった幾多の瞬間を思い浮かべることができる。

お母さんがこの世のすべてだと思っていた子ども。私の言葉をスポンジのように吸収しながら成長していた子ども。私が違うと言えば違うのだと理解し、正しいと言えば正しいことなのだと受け入れていた子ども。ごめんなさいと、すぐに私が望む道に戻ってきていた子ども。もうその子どもは私を追い越して、あんなところまで行ってしまった。お仕置き用の棒を手に、どんなに厳しい顔をしてもなんの意味もない。娘の世界は私には遠すぎる。娘が私の懐に戻ることはないだろう。

「もしかすると、私に落ち度があったのかもしれない」

疑いの念は払拭されることなく残り続ける。それはやがて罪悪感に変わる。色彩と模様を変えながら、浮いては沈む感情を見つめて言葉を失う。娘に対する期待と欲、可能性と希望。捨てても、捨てても残存して私を苦しめる。どれだけ痩せさらばえ、空っぽになれば解放されるのだろうか。

立ち上がる。バスが停車するたびに学生の一団が乗り降りする。道を渡るべきか、来た道を引き返すべきか、バスに乗るべきか決められないまま、私は横断歩道の前に立ちつくす。信号が青に変わり、人々が交差し、再び赤に変わり、速度を上げた車列が長く伸びた私の影を踏んで通過していく。バスの停留所のほうへと歩きはじめるときに、地面に落ちていた数枚のチラシを急いで拾って鞄にしまう。でも、いつまでたっても小さく折り畳んで鞄の中に入れたままだ。

＊

「さあ、口を開けてください。大きく、あ、あ！」

教授夫人は歯ブラシを動かしながら歯磨きを介助している。でも老人男性は毎回、そのまま泡を飲みこんでしまう。

「違う、吐き出すんだってば。まったく、言ってる意味を理解できないんだから。吐き出してってば。ぺっぺっ。こうやって吐かなきゃ！」

挙句の果てに教授夫人は老人の頭を片手で押して、強引に下を向かせる。老人は息を切らしながら咳をする。私は言葉を選んでいたが、やっとの思いで口を開く。消毒用のガーゼとおむつを少し分けてくれないかと。教授夫人は私の手を握り、病室の片隅に引っ張っていく。

「あと二週間も残ってるのに、もう全部使ったの？　あんなにたくさんあったのに？」

私は教授夫人の手を力いっぱい握ってからほどく。そうすることで、言いたい言葉をなんとか呑みこむ。常に不足しているうえに支給量もどんどん減っていく備品を、どうやったらあんなにたくさんと言えるのか、私だって節約の仕方を知らないわけではない。でもこれだけは譲れない。

「大事に使っても足りないんだから仕方ないじゃない。余裕があったら、ちょっと分けてちょうだい」

教授夫人は私の言葉を信じていないようだ。ジェンの臀部に銃で撃たれたみたいな真っ黒い穴が開いたことは言わない。それが毎日少しずつ大きくなって、大きくなって、ついにはジェンの肉体を呑みこんでしまうだろうとも言わない。なにを言っても、自分には関係ないと教授夫人は思うに決まっているから。自分には遠い先の話だ、だから他人事だと思うに違いない。この女はどうしてこんなに愚かなんだろう。どうしてなんでも目の前に形を現すまで見ようとしないのだろう。うちの娘やあの子のように。

おむつ三枚と消毒用ガーゼ半箱を受け取って戻り、ジェンの臀部からぐっしょり濡れたおむつを剝《は》がす。病室に小便のにおいと悪臭が漂う。ふやけた肌をあらわにすると、股と肛門のあたりをきれいに拭く。床ずれはまた大きくなっている。私は窓を開け、しばらくジェンのズボンを下ろしたままにしておく。

「痛いですか？　かゆいですか？」

ベッドの手すりを握って横向きに寝るジェンは反応しない。皮膚が腐り、感覚が死んでいるせいだろう。病室の外で騒ぎが起こる。重度の認知症の老人が故郷に帰るんだと意地を張っているようだ。看護師と療養保護士が立ちはだかり、声を上げる。押し問答が続いていたが、やがて物悲しい歌声が流れてくる。生涯にわたって全国を回り、ちんどん屋の一団として歌っていた老人に間違いない。小柄だが、あふれるパワーを持った人。通りすがる人誰にでも化粧をしてくれと愛想よくねだり、化粧が済むと、いつも大声で歌ってくれる人。そういうときの老人は無力に死を待つ患者ではなく、思い出と才能を持った、まだなにかできる人になる。

「うまいね。歌がうまい。誰が歌ってるの？」

ジェンがささやきながら私のほうに寝返りを打つ。数時間前のシャワー騒動はすっかり忘れてしまった顔つきだ。しわくちゃのチラシを見下ろしていた私と目が合う。鼻をすって泣いていたのが一瞬でばれてしまう。ジェンはなにも言わない。ただ黙って手を伸ばし、枕元にあったガーゼのハンカチを渡してくれる。

脅迫するかのように子どもの前に農薬を突き出し、一緒に死んでしまおうと迫る親がいる。子どもを先に殺してから後を追う親もいる。よほどのことがあったのだろう。自分もそうしようというわけではない。ただその瞬間、彼らの内部を埋め尽くしていた感情を推測してみる。そんなことができてしまうほど人間を追いつめる、制御不能な感情について考えてみる。

「母さん、不当だから不当だって言ってるだけ。間違ってることを間違ってるって言うのが、どうして悪いの？　それって悪いことなの？　どうして？　それのどこが悪いの？」

深夜の零時ごろに帰宅した娘の口から、高熱が出たときのような口臭がする。私はテーブルに置かれたチラシを見下ろしている。折り畳んでいた真ん中の部分が半分ほど切れている。降りしきる雨音が響く。窓を閉めきっているせいで家の中の空気は重く、湿気がこもっている。私はできるだけ声を低くして言う。

「あの炎天下に突っ立って顔と名前を売りながら、私たちご立派ですって騒ぎ立てるのが楽しいみたいだね。似たもの同士で集まって子どもじみた真似するのが、そんなに立派なことなのかい？」

「あそこに来たの？　いつ？」

娘が驚いた顔をする。耳の下から首筋にかけて、赤みの残る傷跡がまだ目立っている。かちゃりという音がする。向こうの部屋にいるあの子が急いでドアを閉めたのだろう。灯りがついたみたいに頭の中がちかちかする。

「私はお前を育てるために職場からなにから全部捨てた。他人の手に任せるのが不安で、一つ、また一つって諦めていったら、結局すべてを捨てることになった。私がお前をどうやって育てたかわかる？　お前がすべてだと思って生きてきた。それなのにどうしてお前は事あるごとに私を失望させたり、悲しませたりできるんだい、わざとやってるのかい？」

「わかってる、わかってるってば。母さんがどうやって私を育ててくれたか、よくわかってる。だからこうやって懸命に生きてるんじゃない。これ以上どうしろっていうの？」

懸命に生きてるだって。

息が苦しくなる。大きく深呼吸してから、ようやく言葉を続ける。

「どこに行っても問題を起こして、いつも不平不満を並べて、なんでも人のせいにするのが懸命に生きるってことなの？　お願いだから、他の人はどうやって生きているのか一度見てごらんよ。お前みたいな生き方をしている人はどこにもいないから。いくら思いどおりに生きる時代だといっても、それはないいんじゃないの？　こういうことを言うと、母さんは話が通じないって私を老いぼれ扱いするだろう。でも、それは違う。お前のほうこそ、いつまで自分を若いと思ってるの？　犯した過ちを正す時間が永遠に、無限に続くとでも思ってるの？」

娘の顔が歪む。

「人がだめだって言うのには、それなりの理由があるんだよ。それなのに間違ってると騒ぎ立てる理由はなに？　どうしてお前がそれをやらなきゃいけないの？　間違っていれば自然に正されていくもんだよ。どうしてなんの関係もない他人の問題に真っ先に首を突っ込んで精も根も使い果たすのかって。仕事もしてない、どこでなにをしてたのかもわからない子を連れてくるわ、諍《いさか》いを起こしてくるわ、講義どころか校門の前で醜態を晒《さら》して時間を無駄遣いするわ、なんで貴重な人生をそうやって無駄づかいするのかさっぱりわからない」

「そんな言い方しなくてもいいんじゃない？」

私は娘の言葉をさえぎる。

「どうしてあんなことするの。そう、お前は小さいころから率先して乗り出すのが好きだったじゃない。みんなができないこと、苦労してること、そういうことをやろうとしてた。そのたびに、よくやったって褒めるんじゃなかったよ。懲らしめて、お仕置きするべきだった。いいかい。これはね、昔のああいうこととは違うんだよ。赤ん坊じゃないんだから。褒められようと、こんな無謀なことをする人間がどこにいるっていうんだい」

「私が好きでやってるように見えるの？」

「今からでも遅くない。適当な人と結婚しなさい。子どもも産んで。若いときの過ちは誰にでもある。今から正せば済む話だ。私はお前の母親だよ。私の他に、誰がこんなことを言えるの。人はお前がどう生きようと興味もないし、構いもしないんだから」

この一件とはなんの関係もないはずの幾多の記憶が、揺れ動きながら目覚めるのを感じる。私は自分の注意を逸《そ》らそうと疼《うず》く膝をさすり、肩を叩いてみる。でもやっぱり、ジェンの姿が鮮明になる。荒く激しい息遣いが聞こえ、小便臭さと吐き気を催すにおいも浮き上がってくる。

「私はお前の母親なんだから。若さなんて一瞬だよ。ある日、振り返ってみたら四十になって、五十になって、あっという間に年寄りになってしまうものなの。そのときもお前はこうやって、ひとりぼっちでいるつもりかい？」

そうやって私はジェンの名前は言わずにジェンの話をする。窮屈で息苦しい孤独の中で老いていく人。他人と社会、そんなご大層なものに若き日々を無駄に費やし、すべてを使い果たし、暮れゆく人生をひとりぼっちで見つめなければならない、痛々しくて哀れな人。

自分の娘が彼女と同じ境遇に置かれると想像するだけでも息ができなくなる。

「母さん、これは他人事じゃなくて私のことよ。いつか自分にだって起きるかもしれないんだってば。それに、今の私はひとりぼっちってわけでもないじゃない」

娘と私の間には目に見えない厚くて巨大な壁がそびえ立っているに違いない。だからこちら側に立っている私がいくら叫んでも、娘には聞こえないのだろう。昔、大学に入ったばかりの娘と今みたいに口げんかをしたことがあった。ある日いきなり、アフリカのどこかにボランティア活動をしに行ってくると宣言した直後だった。娘が公務員か教師になってくれたらという期待に亀裂が生じたのは、その日がはじめてでもなかったのに、私は娘を激しく責め立てた。よりによってそんな危険なところに、よりによって今、よりによってうちの娘が。そんなことを言った記憶がある。結局は娘が発つ日の朝にいくらかの金を手渡し、戻ったら試験勉強を頑張るように諭《さと》した記憶もある。娘は夏休みが終わるころに帰国し、翌年の春に家を出た。そんなふうに私が想像も許可もしていなかった独立を果たしたのだった。

娘が私を捨てた日。夫と差し向かいに座った食卓でご飯を二杯平らげた。その後に嘔吐して、ひどい腹痛を堪《こら》えながら夜を過ごした。体に表れる心の状態。娘は死んでしまったと思えば喪失感が、娘は今もどこかで生きていると思えば裏切られたという気持ちが、あるときはどんな感情なのか気づくよりも先に、思いが、考えが、体のあちこちをがんがん殴りながら通り過ぎていった。

「ひとりぼっちじゃないだって。お前はひとりだよ。お前に誰がいるの？　夫がいるわけでも、子どもがいるわけでもないだろう？　友だちとか同僚はみんな去っていくんだよ。たくさん勉強もした子が、どうしてわざわざ分別のない話ばかり選んでするの」

熱気が鼻の穴を塞《ふさ》ぐ。乾いた咳が出る。

「どうして夫や子どもだけが家族になるの？　母さん、レインは私の家族よ。友だちなんかじゃない。この七年の間、私たちはほんとの家族みたいに過ごしてきた。家族ってなに？　力になって、そばにいて、そういうものじゃないの？　どうしてこれは家族で、あれは家族じゃないって言えるの？　あの人たちはそういう問いを投げかけただけ。授業中にそういう話をしただけなんだってば。それなのに学校はあの人たちを追い出した。一言の説明もなく、ハエを追い払うように追い出したんだってば！」

娘の白い首筋に青い血管が浮き上がる。娘の中でスイッチが入り、エンジンがかかったようだ。夜通しこういう対話を続けたら、私たちはどんな接点に行き着くのだろうか。私も娘も同意する、着地点を見つけられるのだろうか。見つけられるなら、私はいつまでも話し続けるだろう。見つけられるなら、最後まで諦めない覚悟はできている。

「母さん、レインは私にとって友だちじゃないの。私にとっては夫で、妻で、子どもなんだって。私の家族なんだってば」

「夫で、妻で、子どもだって？　お前たちになにができるの？　結婚できるのかい？　子どもが産めるのかい？　お前たちのしてることは、ただのおままごとみたいなもんだよ。三十を過ぎておままごとしてる人間なんていないんだって」

雨脚が薄い窓ガラスを叩いて通り過ぎていく。

「ただあるがままに、そうなんだって受け入れてくれたらだめなの？　細かいとこまですべてを理解してくれって言ってるわけじゃないでしょう。世の中にはいろんな人がいるんでしょ？　それぞれの生き方があるんでしょ？　人と違うのは悪いことじゃないんでしょ？　これって全部、母さんが言ったことじゃないの？　それなのに、どうして私だけがいつも例外なの！」

「お前は私の娘じゃないの。私の子どもじゃないか」

諦めてしまいたくなる。いっそ諦めがつけば。娘の人生を、私の人生からはるか遠くへ放り投げて。娘の人生が見えないくらい遠く離れていられれば。なんの関係もない人にするみたいに支持や激励、応援みたいな耳に心地よい言葉をかけてあげられるかもしれない。

「母さん、私たちはおままごとしてるわけじゃない。そんなんじゃないってば」

「そうかい。じゃあ、おままごとじゃないってことを証明してごらん。お前たちは家族になれるの？　どうやって？　婚姻届けを出せるの？　子どもを産めるの？」

「母さんみたいな人たちが阻んでいるんだとは考えないの？」

「そんな簡単に家族になれると思ってるの？　そんな簡単に家族が作れるとでも？　嫌でもやらなきゃいけない義務とか、責任とか、そういうものをお前たちが知ってるっていうのかい？」

「母さん、レインと私もそれぐらいは知ってる。自分たちをどうやって守るべきか、痛いほどわかってる。だから努力してるじゃない」

「どうしてそういう無意味なことに必死になるの。お願いだから正気になって。一体、私はどうすればいいんだい？　土下座して許しでも請えばいいのかい？　頼むから、なにをどうすればいいのか教えておくれ」

娘をもとに戻すことさえできるなら、どんなことでもしたい。どんなことでもできるような気がする。でも、私にできることはなにもない。なにひとつ変えられない。

「母さん、ここ見て。これを見てよ。これが私なの。性的マイノリティ。同性愛者。

レズビアン。ここに書かれている言葉はそのまま私のことなんだってば。世間は私をこんなふうに呼んでるのよ。そして家族とか、仕事とか、すべてを不可能なものにさせてしまう。これって私が悪いの？　私のせいなのかって訊いてるの」

娘はチラシを指しながら、ついに聞きたくなかった言葉を口にする。そのうちのいくつかはすぐに私の内部へ入りこみ、底へと沈んでいく。ずっしりと重く巨大な防波堤のようにきちんきちんと積み上げられ、その瞬間からびくともしなくなる。最後まで消化されない言葉たち。消化できず、決して忘れることもできない言葉たち。

私は窮地に追いこまれた獣のように、反射的に目をつぶってしまう。

*

夜通し雨が降る。

風が荒々しく窓を叩いて脅かしながら一気に路地を通り抜けていき、明るく細長い線がぽっと灯る。誰かがドアを開けて、部屋から出てくる音。台所とトイレを出入りする音。私は横になってその音を聞く。私に向かって浴びせられる声の数々。みんなが私を非難するだろう。あざ笑うだろう。厳しくとがめ、罰を与えるかもしれない。こういうことって一体、誰に相談するべきなんだろう。夫が生きていたら、並んで天井を見ながら横になって言葉を交わし、賢明で合理的な判断を下せていただろうか。いや、違う。心の弱かった夫は娘を殺してしまったかもしれない。最初から産まなかったみたいに。いっそのこと、最初から存在しなかったみたいに思うほうを選んでいただろう。

夜が明けて、再び朝がくる。娘はすでに出かけた後だ。私は洗濯機の置かれた部屋の隅で使えそうな布きれを選ぶ。ずっと昔、夫の看病をしていたときに使っていたものだ。あるものは手の届かない高い棚の上にある。すごく寒かったある日、夫が棚を組み立て、釘を打ち、壁に掛けていた情景が今も鮮やかに思い出される。

「お手伝いしましょうか?」

あの子だ。私が答えもしないのに食卓から椅子を持ってきたあの子は、危なっかしく椅子の上に立つ。あちこちに積み上げられたキムチを入れるケースや、なにが入っているのかわからない箱が一つずつ順番に降ろされていく。そうしている間も、私は身じろぎもせず入口に立っている。

「タオルだけ出せばいいですか？　他に必要なものは？」

あの子は棚の奥に手を差し入れて私の目を見る。私は散らかった室内を眺め回していたが、言う機会をずっとねらっていた言葉をついに口にする。順序も秩序もなく、とめどなくあふれてくる言葉の数々。怒りに任せた激しい言葉が好き勝手に流れ出すのを放置する。憎悪と恨み、憎しみといった感情の中から言葉がめらめらと燃え上がってくるのに任せる。あの子は椅子の上に立ったままタオルを取り出し、キムチを入れるケースと箱をもとの位置に戻す作業に没頭する。今この瞬間、椅子を倒してあの子を武力で、腕力で、私の家から追い出してやりたい。髪をわしづかみにして、顔をめちゃめちゃにして、そしてうちの娘やこの家に二度と近づけないようにしたい。いや、違う。私はこの子を殺してしまいたい。尽きることのない苦しみと悲しみと不幸をもたらすこの子を、永遠に消してしまいたいのだ。

あの子に向かって吐き出した言葉が一日中つきまとう。家を出てバスに乗り、老人ホームの前に着いてもまだ、ブーメランのように次から次へと戻ってくるようだ。私の胸はなにかに殴られたみたいに、ぶつかったみたいに震え続ける。

「あら、なんですか？」

その日の夕刻、洗濯室にいた私を見つけたのは当直の看護師だった。看護師は洗濯機の中をのぞきながら大げさに言う。偶然を装っているけれど、教授夫人か誰かが口を滑らせたに違いない。

「使い古しのタオルです。家から持ってきたんです。おむつが足りなくて」

看護師はつんとした表情で、こちらを振り返る。

「おっしゃる意味はわかりますが、これはだめですよ。ここで個人的な洗濯をするのはいけません。水や洗剤もただじゃないんですし、公平性の問題もありますから」

私はジェンの臀部に床ずれができたと説明する。腐った果実みたいに一面ただれて、握りこぶしが入ってしまうほど大きいのだと。だから、おむつの再利用はどうしてもできないとも言う。看護師は洗濯機を止め、排水してからふたを半分ほど開ける。そうしてはっきりと線を引く。

「おっしゃる意味はわかりますが。個人的に洗濯機を使うのは禁止されています。この入居者で床ずれ一つない方はいらっしゃいませんし、他の療養保護士が見たら気分も良くないでしょう」

だからなんだと問い返したい気持ちをどうにか抑え、まだ洗濯の終わっていないタオルを抱えて病室に戻る。暗闇の中できょろきょろしていたジェンが親しげに声をかけてくる。

「お母さん、外は雨なの？　寒い？」

ジェンは最近、私のことをお母さんと呼ぶ。生まれてはじめて出会う人。お母さんただひとりが、完全な形で記憶に残っているのだろう。私は洗剤を含んでぬめぬめするタオルを窓辺に干しながら頭を振る。

「今は夏でしょ。寒くないですよ。雨も降ってませんし。暑いですよ。汗が出ます」

苛立ちがこみ上げる。

「お母さん、こっちに来てごらんよ。こっちに来てって」

私はイライラしながらタオルをはたいて干し、沈黙を守る。ジェンがベッドの外に出ようとする。私は近づいて強引に座らせる。それに逆らおうとジェンはありったけの力を出す。ばたつく手足はまるで、気ままに動くモロコシの茎のようだ。その上に咲いた大小のしみ。それらはまるで予言のように、烙印のように、ジェンを覆い尽くそうとしている。

「座っててくださいって。ちょっと座りましょう、お願いですから」

私は耐えきれず、押し倒すようにジェンを横たえてしまう。ジェンは私の腕をつかんで堪える。なんの握力も意志も感じられない。ジェンが何事かをつぶやく。哀願なのか悪態なのかわからない言葉が途絶え、ぜいぜいと息遣いが激しくなりはじめる。顔が火照り、瞳に涙が盛り上がるのが見える。急いでジェンを抱き起こして、背中をぽんぽんと叩く。

「ほら。だから、おとなしくしてって言ったでしょう。おとなしくしてって。どうしてこんなに人を苦しめるの。私だって少しは休まないと。つらくて死にそうなんですってば。どうして私をこんなに苦しめるの。みんなして示し合わせたみたいに」

ジェンの息遣いが穏やかになる。むしろ体を震わせて泣いているのは私だ。泣きやもうとしてみるが、思いどおりにならない。ジェンが私の背中にそっと手のひらを置く。この先に待っているのは死しかない、衰弱して老いた女性に抱きしめられ、私は子どものように泣く。

「ごめんね。私が悪かったんです。おばあさまにどんな罪があるって言うの」

こういう言い方をするとき私は、もしかするとジェンじゃなくて、ジェンのすぐ近くまで来ている死を見ているのかもしれない。そんなふうにしてジェンが自分よりずっと不幸で、気の毒だと思いたいのかもしれない。しばらくして涙を止め、呼吸を整える。電話が鳴ったからだ。ジェンが携帯電話を渡してくれる。娘からだ。どきっとする。

「お母さん」

廊下で電話を終えて戻ると、ジェンが怯えた表情で私を呼んでいる。足首がずきずきと疼《うず》く。腰と背中が痛い。動くたびに体中の関節がずれて痛みを引き起こす。いや、娘に言い放った言葉が戻ってきて胸を引っかき、ひりひりする爪痕をつけながら私の中を駆け巡っているせいかもしれない。ベッドの傍らに座りこむ。ジェンが私の手を引っ張ると、なにかを握らせる。さっき干したタオルのうちの数枚だ。

「お母さん、外に蛇がいるよ。蛇が来たってば。これで追っ払って」

闇の中でジェンの両目が光る。また正気を失ってしまったのだろう。私はタオルを受け取って窓に近づくと、しっしっと言いながらタオルを干し直す。

「そこにいるよね？　蛇いるでしょ？」

ジェンが再び体を起こすと、こっちに来ようとしている。私は厳しい声で蛇がいる、たくさんいると脅かす。痛ましさが頭のてっぺんから全身へと流れ落ちてゆく。

これをなんて呼べばいいんだろう。こういうものが虎視眈々と生を狙っているのだという事実に驚愕するばかりだ。絶対にああはなりたくないと思わせるような姿が、この路地を抜けると、あの角を曲がると、じゃーんと姿を現す。いつでもどこにでもようよしている。どうして誰もこういうことを教えてくれなかったんだろう。

「消えろ。あっち行け。しっしっ」

　私は窓の外に顔を突き出して大きな声で言う。こんなふうに簡単に、楽に、なにかを追い払うことができたらいいのに。そうしたら、誰に対しても善い人間になれるのに。対立して、嫌味を言って、そのたびに自分の度量を手探りして確かめる必要もないだろう。私はいもしない、いや、もしかすると窓の向こうの暗がりでうようよしているのかもしれない蛇を追い立てながら歯を食いしばる。

　翌日の朝早く、クォン課長が私を呼ぶ。

「イ・ジェヒさまですが。最近は症状も悪化されているので、そろそろ他の認知症患者の方々と一緒に過ごされるほうがいいと思います。四階の病室に移そうかと。奥さんもそろそろ、少し楽な仕事をされたらいいでしょう。年齢のこともありますし」

　スーツ姿の男が一人、ドアをノックして、にゅっと顔を出す。

「なかを見学したいのですが構いませんか？」

「もちろんです。少しお待ちください」

新しく入居した患者の家族のようだ。クォン課長は看護室長を呼んで案内を頼むと、ドアを閉めて席に戻る。私は認知症が進むほど、慣れた環境のほうが本人のためにいいのだと話す。資格を取るためにせいぜい数週間の授業を受けただけの私でも、それぐらいは知っている。この人は私が、その他大勢の療養保護士と同じように、暇つぶしや金のためにこの仕事をやっていると思っているのだろうか。そんなふうに仕事をしたことはないと誓って言える。結婚する前に子どもたちを教えたときも、娘を産んでから教習所で働いたときも、壁紙の張替えをしたり、幼稚園の送迎バスを運転したり、保険のセールスをしたり、社食で調理をしたときも、自分のしている仕事がなんなのか忘れたことはなかった。

「はい、わかっています。お気持ちはよくわかります。ですがご老人ひとりのために、あの広い病室を遊ばせ続けるのはもったいないじゃないですか。事務長の意見もありますし、赤字もかなりの額になりますので、近いうちにリフォームする予定です。冬が来る前に」

四階の老人たちがどんな扱いを受けているか知らない者はいない。彼らは全員、国の補助金をもらっている重度の認知症患者だ。そこでは毎日のように必死の脱出が試みられ（看護師たちはそれを認知症の一般的な症状だと言うかもしれない）、脱出を防ぐために二重三重に施錠されている。具合の悪い人たちを治療し、癒す場所だとは到底思えない。

私はソファの端に腰掛けたまま話を続ける。論理的な言葉というよりも、口をついて出た言葉に近い。話している間、娘を、娘の言葉を、あの言葉を言わせたあの子を、陽が暮れるとがたがた震えながら蛇が出たと騒ぐジェンを、今は亡き夫を思う。もぐら叩きゲームのように、思いは至るところから飛び出してくる。ハンマーでいくら叩いても、消えも無くなりもしない。膨大な記憶がこの小さな体の中に積み重なっているのだという事実。それらが今の私を形作っているのだという事実。それを再確認させるこうした瞬間は、何度もくり返し訪れる。

「奥さん。患者の面倒を一生懸命みるのはいいんですがね。そうやって心を許してばかりでは、この仕事を長く続けるのは難しいですよ。この先も続けるおつもりでしょう？　それなのに、そんなに心が弱くてどうするんですか。見ているこちらもしんどくなります。今日は早くお帰りください。ここ数日、ここで寝泊まりされていたそうですね？　帰って少し休んでください。おいしいものも食べて」

クォン課長は立ち上がり、ドアを開けてくれる。そうやって、まだなにかを言おうとしている私を部屋の外に追い立てる。病室に戻ると、ジェンは無邪気な顔でヨーグルトを食べているところだ。その横に座る。騒ぎも事故もない平穏な午後。でも目を閉じると、なにかがどっと押し寄せてくる気配がはっきり感じられる。思わず触れた小さな木切れが倒れたのをきっかけに、巨大なものをドミノ倒しのように次々となぎ倒しながら、なにかが大波のようにどっと押し寄せてくるのがはっきり感じられる。

＊

数日ぶりに戻った家には誰もいない。チクタク。秒針が時を刻みながら静寂を育む。休むことなく前へ、ただ前へと進むあの時間は、今度はまたなにを呼びこんでいる最中なのだろう。今度はなにが、チクタクとこちらに迫ってきているのだろう。靴を脱いでいた私は玄関の上り口に座りこみ、しばらくそのままでいる。娘とあの子が出ていけば、あの二人が来る前の家に戻れるだろうか。いや、違う。もうそれは不可能だ。

ラジオをつけて、家の中の窓を開け放つ。灼熱の太陽が居間の奥まで差しこむ。私は浴室で大きなたらいに水をくむ。洗剤を入れて泡立て、スポンジを濡らし、洗面器をこする。便器を磨き、浴室の床の水垢を落とす。刺激臭と芳香が立ち上る。私は娘とあの子の部屋を行き来しながら窓枠に布団を干して、枕カバーとタオルを集めて煮洗いをはじめる。ガスレンジ周りの汚れを落とし、流し台の取っ手を磨き、食卓と椅子のほこりを拭き取る。あの子の部屋は相変わらずそのままだ。壁の片側に積まれた本、横に寝かせたスーツケース、引き出しの上に並べられた指ほどのサイズの人形と、省スペース用のハンガーラックに所狭しと並べられた洋服。この家から出ていってくれと哀願せんばかりだった私を、あの子は忘れたのだろうか。あんな言葉を聞いたのに、どうして荷物をまとめて出ていかないんだろうか。あんな言葉を聞いても平気なんだろうか。行くところがないからだろうか。明日か明後日あたりには、どこへなりと出ていくのだろうか。

娘は電話をかけてくると、あの子に対してほんとにそんなことを言ったのかと訊いた。なんの感情も感じられない声。娘が必死に怒りを抑えているのか、腹を立てる気力すらないのか、推測するのは難しい。受話器の向こうで誰かが声をあげ、音楽が通り過ぎ、拍手の音が湧き上がった。少なくとも娘のいる場所が図書館や教室のように上品な場所ではないということだ。

「そうやって自分勝手に生きるつもりなら出ていきなさい」

この言葉を娘に向かって何度くり返したかわからない。受話器の向こうの娘はなにも言わない。恨みつらみに非難、さらには暴言ともいえる言葉を吐くと思っていたのに、今度は口をつぐむ方向に心を決めたようだ。沈黙のほうがずっと強力で恐ろしい武器になることもあると知ったのだろう。掃除を終えると夕方だ。開け放していた窓から隣人たちのありふれた日常が流れこむ。香ばしくて辛そうなにおい、重なっては離れる声、人々の雰囲気や気分が窓を伝って和やかに行き来する。そして門が開く音。そっと門を閉める音。あの子が帰ってきたようだ。

「いらっしゃったんですね。夕飯はまだでしょう？　サンドイッチを作ってきたのでどうぞ」

着替えて出てきたあの子は手を洗い、サンドイッチを切って持ってくる。薄いパンの間に色とりどりの野菜と白い肉がぎっしりと挟まっている。私は仕方なさそうに、台所から二杯の牛乳を持ってくる。

「私、牛乳は飲めないんです。お腹が痛くなるので」

私たち二人は数日前にあった出来事をきれいさっぱり忘れたみたいに、差し向かいに座ってパンを食べる。口の中でさくさくとレタスが噛まれ、乾いたパンが湿り気を帯びていく音が続く。でも、うまく飲みこめない。酸っぱい唐辛子と、ぴりっとするスパイスのせいだ。いや、違う。あの子が作ったからかもしれない。こんなふうに居心地悪く、差し向かいに座っているせいかもしれない。私は残りのパンを置くと、我慢していた言葉を言う。

「住む場所は探してますか？」

あの子は静かにパンを噛む。私は、返せもしない金額を借りたのは娘が悪いと話を切り出す。でも私とは無関係だとはっきりさせる。ここはどこまでも私の家で、二人が一緒にいる姿を見るのはつらいと言うためだ。

「ご存じのとおり、私は四ヵ月分の家賃を前払いしています。生活費もです。そうしてくれとおっしゃったので」

あの子は私と目を合わせる。口からさくさくとレタスを噛む音が聞こえてくる。

「こんなふうにいきなり出ていけとおっしゃられたら、私もどうしていいかわかりません。そんな余裕もないですし」

あの子は食べかけのパンを置いて、静かに口を拭う。そして牛乳のグラスがかいた汗を指でいじりながら言う。

「どんな点がつらいのか、おっしゃってくれたらありがたいのですが。私は」

私は牛乳を口に含む。生臭いにおいのせいで吐き気がこみ上げてくる。私は牛乳をそのままグラスに吐き出す。もしかするとそんなことで関心を引いて、どうにかしてこの対話の主導権を握ろうとしているのかもしれない。

「あのねえ」

かなり経ってから私は口を開く。ここは娘となんの関係もない私の家だし、結婚適齢期の娘が恋愛もしないで、結婚するつもりもないのが腹立たしいのだと言う。危険水位を超えてしまった言葉が今にも氾濫しそうに揺れている。でも、気をつかったり言葉を選んだりしている場合ではない。口ごもった瞬間に私が聞きたくないと思っている言葉があの子の口からあふれ、この耳に入ってくることだけは避けたいから。

「今からでもうちの娘が適当な人と知り合って、結婚してくれたらと思っています。娘よりはるかに出来の悪い子だって、結婚してなんの苦労もなく生きてるのに。子どもを産んで家庭を築き、楽しく生きてるのに。うちの子はどうして、あの暑くて汚い道端で馬鹿な真似をしながら時間を無駄にするのか。見ている私の気持ちはどうだと思いますか？　私の立場にもなってください。親の立場になって考えてみてくださ い」

顔が火照る。

「グリーンがどう生きたいのか、ご存じないようですね。以前にグリーンがこんなことを言ってました。母さんは自分の話を聞こうとしてくれないと。一度ぐらいは黙って聞いてあげてもいいじゃないですか。グリーンにも、グリーンの望む生き方があるんですから」

私が一体、なにを聞かなきゃいけないんだという言葉が喉まで出かかる。二人が私の家で暮らすのを目にするだけでもおぞましいのだという言葉が飛び出しそうになる。夜の闇の中、並んで横たわるお前たち二人はなにをしているのか、夫が私に、私が夫に与えたのと同じような喜びを真似ることができるのか。親がお前を産んだように。私たち夫婦が娘を産んだように。正確に半分ずつお前たちに似た子どもを持つことができるのか。私がこういう剝き出しの言葉を口にして追いつめ、辱めれば、あの子は口をつぐむだろうか。納得して、うなずき、ようやく自分が悪かったと許しを請うのだろうか。

「ちょっと。娘はそんな子じゃありませんよ。私にはわかるんです。娘のことは私がよくわかっています」

「親はそう考えるものです。でも、私たちは三十を過ぎてます。もう子どもじゃないんです」

手であおいでいた私はグラスをはたき落としてしまう。白い牛乳がちゃぶ台の上を濡らし、床に流れ落ちる。

あの子が急いで立ち上がる。その瞬間、私は制御不能に陥る。

「まだ私の話は終わってないでしょう。座りなさい、座って聞きなさいってば」

あの子を座らせると言い放つ。

「どこに出しても恥ずかしくない私の娘が、どうして職場であんな扱いを受けたり、今度は道端で後ろ指をさされたりしながら過ごさなきゃいけないのか、じゃあ、あんたが説明してごらん。そんなに賢いおつむを持ってるなら、うちの娘があんな扱いを受けなきゃならない理由を言ってごらんってば。なにがつらいかだって？　どの口がそんなこと言えるのさ？　そんな馬鹿げた質問を。お前たちはどれだけ私を見下せば気が済むんだい？　年寄りで無知だから、無視しても構わないとでも思っているんだろう？」

順序も秩序もなく飛び出す言葉は手の打ちようがない。あの子は怒鳴る私をそのままに、台所から布巾を持ってくる。そして落ち着いたようすでグラスからこぼれた牛乳を拭きながら尋ねる。

「私がグリーンを不幸にしていると思いますか？　彼女の一生を台無しにしていると？」

「もちろん。当然だろう。あんたがうちの娘を不幸にしてるんだ。私たちの不幸の元凶なんだよ」

奥歯を力いっぱい噛みしめてみるが、目じりが痙攣をはじめる。あの子は倒れたグラスをもとに戻して言う。

「グリーンが不幸じゃないって言ったら？　誰にでも望む生き方があるじゃないです

か」

「望む生き方？　あんたの親は、あんたの生き方をご存じなの？　こんな状況を受け入れられる親がどこにいるっていうの。あんたの人生は自分ひとりのものだとでも思ってるの？　そんな人生はどこにもありはしないよ」

「私の両親も最初はひどく苦しみました。特に父が。私の父は」

手を振って、それ以上は聞く必要のない話だと線を引く。

「私のことを話したいのですが。もし構わなければ」

私はその場で拒絶する。そして頼みこむ。娘が平凡に、正常に生きられるよう手助けしてほしいと。消えてくれと。放っておいてくれと。この世にたった一人しかいない娘が、どうかこの世で目立つことなく、地味に、自然に、平凡に生きていけるようにと。

「どうしてグリーンがあそこに立っているのか、考えてみてくださるとうれしいです」

しばらくして、あの子が断固とした口調で言う。そして娘の家賃と生活費を負担しているのは自分で、もう二年以上になると告げる。

「なんの考えも確信もないまま、そうしてきたと思いますか？　赤の他人にそんなことできると思いますか？　お金を稼ぐのは私にとっても大変なことです。たまに私だって、ほんとにつらくて死にたくなることもあります。それでも私には資格がないと思いますか？」

それがいくらだろうと返してやると言いたい。どんなに時間がかかっても必ず返してやると言いたい。でも、その思いは最後まで言葉にならない。

あの子が訊く。

「私が娘だったら、私にはどんなふうにおっしゃったでしょうか？」

あの子がまた訊く。

「私たちは付き合って七年になります。七年ってどれだけの長さかわかりますか？　それなのに私とグリーンが赤の他人だと思われる理由がわかりません。ひどすぎるとは思いませんか？」

そして残っているサンドイッチの皿とグラス二つを片付けると、部屋に入ってしまう。

＊

翌日、早朝に家を出ようとしていると電話が鳴った。私を施設に派遣している会社の担当者だ。二十年にわたって病院の看護師長を務めたというその女性の声は、事務的ながらも妙に相手を気後れさせるところがある。

「奥さん。私が家から近くて、待遇のいい施設をご紹介したことわかってますよね？」

私はそのとおりだと答えながら急いで歩く。今日は午前中にジェンが四階へ移されるからだ。クォン課長をもう一度説得するべきか、ジェンに別れのあいさつをするべきか決められないまま、気持ちばかりが焦る。

「わかっているのに、どうしてあんなことをしたんですか？　あちらの事情はご存じのはずでしょう。クォン課長が気に入らないみたいでしたよ」

路地を抜けたとき、ちょうど循環バスが出発しようとするのが見える。同時に体が一方に傾いて足首をくじく。激痛が走る。そんな状況を知ってか知らでか、受話器の向こうの担当者はやかましい。

「もう逝くだけの人たちになにをしてあげられるって言うんですか。胸が痛むけど、私の言うとおりでしょう。そういうご時世なんだから」

ご時世だなんて。自分と無関係の出来事はすべて、そういうご時世で片付けてしまうのが気に食わない。この人はどこに行ってもそう言うのだろう。口ぐせのように、自分の子どもたちにもそう言っているのだろう。そうして、その子どもたちは自分の子どもにも、そう言うようになるのだろう。そんなふうにご時世で片付けられてしまう出来事が一つ、二つと作られていくのだろう。少数では決して変えることのできない、巨大で堅固ですさまじいなにかが。

「あの患者さんは重い認知症っていうわけでもないのに。わざわざ病室を移す必要もないでしょう。そう言っただけなのに、気に入らないもなにも」

私はよそさまの家の門前に座りこみ、足首をさすりながら言う。くるぶしの周りが腫れあがってくるのが感じられる。門の内側でわんわんという声がすると思ったら、大きな犬が走ってきて、門のすき間をにらみながら鋭く吠える。私は急いで立ち上がると足を引きずりながら歩く。歩を進めるたびに私の中でなにかがうねり、今にもほとばしりそうな勢いだ。憤りと苦々しさ。失望、恨めしさが一緒くたになった感情の中に、娘とあの子、我が家の不愉快な情景がよみがえる。

「奥さん。クォン課長にノーと言われたら、私たちはどうすることもできません。あんなに条件のいいところを見つけるのも難しいし。黙って言われたとおりにしてくださ い。わかりましたね?」

人はどんなことも敏感に嗅ぎつけるけれど、それを口に出して言うことには冷ややかな目を向ける。とにかく知らないふりをして、沈黙を守るのが礼儀だと思われているこの国に私は生まれ、育ち、老いてしまった。それなのに今になって、どうしてこんなことを考えるのだろう。今までずっと黙って言われたとおりに生きてきたのに、今回の件がどうしてこんなに気になるのだろう。

ジェンは両手両足をベッドに縛られたまま横たわっている。もがきながら唸るジェンの横にはたくましい体つきの男が立っていて、どこかから電話を受けている。腰にぶら下げた無線機から、救急車がどのあたりを通過中だという機械音が聞こえる。彼は手を挙げると、私が近づけないように制止する。そしてジェンを指さしながら、まもなくこの方は他の施設に移送すると告げる。

「お母さん？　お母さん来たの？　これ、ほどいて。足に。ここ痛いよ。痛いってば」

ジェンが体を捻《よじ》るようにして私を見る。私は何事だと問いただす。男は答える代わりに病室の外に出て看護師を呼ぶ。看護室長が飛びこんできて、廊下を歩いていた患者と看護師たちも立ち止まり、興味深そうにこちらをのぞく。

「いくらなんでもこれはないでしょう。昨日は四階に移すだけだって言ったのに、今日は他に移すだなんて。それも一晩のうちに。いくら正常じゃない老人だからって。身寄りがないからって。これはないでしょう」

たった一日で入れることが決まる施設なんて、たかが知れている。睡眠薬で眠らせ続けて、死を待つことだけに余生を費やさせるような場所だろう。私の声がだんだん大きくなっていく。看護室長が私の腕をつかんでささやく。ここではやめてくれというその声に、面倒で不愉快だという気配がはっきりと感じられる。

「クォン課長は部屋にいますか？　私が話します」

「今はいらっしゃいません。外出されました」

看護師がもう一人やってくる。男は集まってきた野次馬を追い払う。老人たちが怯えて後ずさりし、療養保護士は彼らをなだめながら病室に戻っていく。

「まったくもう、どうしたっていうの。こっちにおいで。来なさいってば」

廊下に出てきた教授夫人が私の前に立ちはだかる。看護室長をなだめると、私の腕をつかんで引っ張りながら非常階段に向かう。

「ねえ、今にはじまったことじゃないでしょう。突然どうしたの。今までこんなことなかったじゃないの。あの老人の家族でもないのに。まさか、私に内緒で遺産でも相続することになったの？　無関係の老人が施設を移るぐらいで大騒ぎするなんて」

足首からはじまった痛みが脚全体に広がっていく。腰が痛み、指先がしびれる。私は階段の片隅に座りこみ、勝手に痙攣をはじめた目じりをこする。

「ねえ、どうしたの。なにがあったのよ」

私は首を振る。手足を縛られたまま、どこに送られるとも知らずに横たわるあの女性を自分だと思う理由を、どんなふうに説明すればわかってもらえるだろうか。確かすぎるこの予感を言葉にできるだろうか。よるべない境遇はあの女性のせいなのだろうか。私も娘も長い人生の最期は、あの女性みたいに閉じこめられて死を待つという罰を受けるのだろうか。どうにかしてそれだけは避けたいと思うのだろうか。

どうして心というものはいつも背伸びをして、恐怖がやってくるほうを向こうとするのだろう。

同年代の中には、まるで二十代や三十代みたいに生きている人もいる。引き際を自分で決められる人たち。時間を味方につけられる人たち。その資格がある人たち。そうやって考えてみると、私は万事において年寄りくさすぎるのかもしれない。老いたという考えにがんじがらめにされて、できることとできないことを決めつけて、一つずつ可能性を摘み取って、平坦で味気ない日常にすることばかりに精を出していたのかもしれない。生い茂るものはすべて刈り取り、ついには真っ平らになった生の向こう側に迫ってくる死の姿を見つめようと、躍起になっているのかもしれない。事を起こして、対峙して、争うことで、私なんて勝てるような人間ではないのだと自らを洗脳し、退屈だけど安定している、無力だけど静かな日常を維持したいのかもしれない。

「だとしても、あれはないでしょう。みんなもわかってるはず。認めるわけにはいかない」

そう言って立ち上がろうとすると、片方の足首に体重がかかる。手すりをつかんでしばらく座っていたが、再びそろそろと立ち上がる。

「今はあんなでも、あの女性がどれだけ懸命に生きてきたのか、みんな考えてみるべきでしょ。ここに入るとき、どれだけ大勢の人がついてきて、きちんと面倒をみてほしいと頼みこんでいったか。意識がはっきりしているときは、どれだけ優しい言葉をかけてくれたか。それなのに今になって、まるでごみ箱に放りこむみたいによそへやるなんて。私たちとなにが違うっていうんだろう？　自分には、あんなふうにベッドに横たわる日が永遠に来ないとでも？　本気でそう思っているのかしら？　いい加減、気づきなさいよ。目を覚ましなさいってば」

　そう言いながらも、私はジェンじゃなくて自分のことを考えていたのかもしれない。自分じゃなくて娘のことを考えていたのかもしれない。つまりこれは、そういうご時世だからじゃなくて私のことなのだ。目の前に迫る自分自身の問題なのだ。こんな言葉が自分の中にあったなんて驚きだ。しかもどこか深い場所に沈んだまま死を迎える日まで浮き上がってこないならまだしも、生きている間に言葉となって発せられる日が来るなんて。

＊

窓の外で日が暮れていく。

舌で口内炎をさわってみる。少しずつ大きくなっている。口内炎のせいで、ものを飲みこむのが難しい。今朝から数杯のぬるま湯しか口にしていない。口を開くと空腹な人間の口臭が漂う。目の前の景色がぐるぐる回り、めまいが頭を揺さぶる。私はずきずきする膝を叩き、こった肩を揉みながら自らに注意を促す。

「しっかりしなさい。目を覚まさなければ」

自分がしでかしたことを後悔するかもしれないと怯えているのだろうか。クォン課長に向かって、他の施設にジェンを移してはいけない理由をいちいち説明し、もしそうなった場合に自分がなにをどうするつもりか大騒ぎしていた瞬間。実際はさほど長い時間でもなかった。でもその短い間に、どれだけたくさんの覚悟、大きな恐怖と対峙しなければならなかったか、ここにいる人たちは考えてみようとしない。だからまるで示し合わせたように、同じような敵意と嘲笑を私に見せることができたのだろう。

「ええ、よくわかってます。奥さんの立場なら、そう考えるのも無理はないでしょう。とにかくわかりました。ひとまず、しばらくは私たちが面倒をみますから、この話はまたにしましょう」

意外にも素直に納得したふりをしていたクォン課長には、どんな魂胆があるのだろう。老練なやり手の彼はどんな計算をしているのだろう。

ジェンの手首には縛られたときの跡が残った。でも、黒ずんだ皮膚と伸びきった肌、点々と浮いたしみのせいで傷跡は目立たない。目に見えないものはそれ以外にもたくさんある。私は痩せこけたジェンの腕を布団の中に入れてやる。

「お母さん。あたしのお金は見つかった？」

眠っているとばかり思っていたジェンが目をぱちぱちさせながらささやく。私が答えないでいると、声が徐々に大きくなる。スイッチが切れて、またわからなくなってしまったに違いない。こういう瞬間、どうせなにもわからない老女なのに、彼女のためを思ってやったことが情けなく、余計なことだったと思えてくる。私はそんな考えを振り払うように、自分の肩を叩きながら答える。

「うん。見つけたよ。見つけたってば。そこの引き出しに入れておきましたよ」

「ほんと？　どこで見つけたの？」

「ほら、絵を描くおじいちゃん、いるでしょう？　大声を出すおじいちゃん」

「やっぱりね。どうして怒らなかったの？」

「怒ったよ。叱っておきました」

「ほんとに見つけたの？　ちょっと見せて。どこ？」

私はスカーフでぐるぐる巻いた包みを棚から取り出す。賞状と表彰楯、新聞紙とティッシュ、缶と空瓶の類が一つにまとめられていた。

「ほら。私がここに、こっそりこの中に入れておきましたよ。また誰が持っていくかわからないから。だから誰にも内緒でここに入れたの」

ジェンはすっかり満足したらしく、うなずくと口をすぼめて恥ずかしそうに微笑む。でもあっちを向いたその瞬間、今さっきの会話はすっかり忘れて、また同じ質問をくり返すに違いない。何物にも代えがたい若き日々を、この人はどうして無駄遣いしてしまったのだろう。どうして自分と無関係のことに時間と情熱とお金を注ぎこんでしまったのだろう。

その夜、施設を出るとあの子から電話があった。電話をかけたことも、かかってきたことも、電話で話したこともないのに、以前から登録してあったあの子の電話番号が画面に表示される。ずっとよそよそしい態度をとっていた教授夫人は、チャンスとばかりに急いであいさつすると速足に遠ざかる。

「どうして出ないんですか？」

訊いてきたのは新入りの女性だ。ぐずぐずしている間に電話は切れてしまう。私は途方にくれた顔で携帯電話を見つめていたが、こう尋ねる。

「お子さんは何人ですか？」

「二人です。娘と息子が一人ずつです」

答える新入りの女性の顔はきつい労働のせいでむくんでいる。洗っていないらしく髪は脂ぎっているし、鞄の持ち手はぼろぼろだ。思い出したようにその鞄から消臭剤を取り出すと、体のあちこちに振りかける。偽物の芳香剤のにおいが湧き上がるとほぼ同時に散っていく。

「子どもたちが臭いって言うので」

「小学生？」

「一人は小学生で、もう一人はまだ保育園に通ってます」

「そう。いちばん手のかかる時期ね」

狭い路地を車が行き交うたびに、新入りの女性と私は建物にぴったりと張りつく。捨てられたごみを踏んづける。私は気を揉みながら携帯電話を握りしめている。

「昼間はどうしてあんなことをされたんですか？」

路地を抜けるころになって新入りの女性が尋ねる。私が適当な答えを見つけられずにいると、さらにこう付け加える。

「でも。奥さん。私はすっきりしました。さっき、おっしゃってた言葉です。なんとなく。生きていくのがやっとでずっと忘れてたけど、そのとおりだと思いました」

私がジェンについて、ジェンの特別で豊かな経験に彩られた若き日々について話そうとしたとき、新入りの女性がひとりごとのようにつぶやく。

「私の母も施設に入ってます。来週は行かなきゃ、その次の週こそ行かなきゃと思いながら、いつも時間がなくて。今月も行けなかったら四ヵ月になります。でも。子どもが面会に来ても来なくても、お金をもらった分は面倒をみるべきでしょう。立派な人だろうとそうでなかろうと、もらった金額に見合うだけのことはしなきゃ。どうしてそれすらもやろうとしないのかしら。くそったれ」

新入りの女性と別れ、携帯電話を見下ろしていると再び電話がかかってきた。受けた瞬間、あの子の声が慌ただしく聞こえてくる。

「今どちらですか？　こっちに来られますか？」

＊

雨が降り出した。

雨脚が強まる。学校の正門前に人が集まっている。警察がいて、警察じゃない人もいる。近づこうとするが、正門も、正門前に立ちはだかる人も人波で見えない。遠くでマイクを持った人が話している。言葉はすぐに騒音でかき消されてしまう。

娘はあのあたりに立っていた。じりじりと照りつける日差しの中、娘が声を上げていた所。ちらしを配り、どうにかして注目してもらおうと必死だった所。もしかすると学校からもっとも遠い所。私が一度も想像したことのなかった娘の居場所。

今は夜だから、あれがどの辺か見当もつかない。たぶん、あそこら辺だろう。そんなことを考えながら、少しずつ前に進もうと試みる。ごつごつした肩を押しのけて、少しでもすき間を見つけようと全身の力を振り絞る。でも詰めかけた人々は、誰ひとり道をあけようとしない。顔を上げるたびに明るい光が目を刺す。自動車のヘッドライトなのか、警察が照らすサーチライトなのか、人々が用意した照明なのかはわからない。光はビニール傘と雨具に反射して四方に広がる。冷たい目じりを拭いながら私はつぶやく。

「ちょっと。どいてください。少しだけ道をあけてください」

私の声は騒音と大声でかき消されてしまう。

「資格のない問題講師を解雇しろ」

誰かが叫ぶと、私を囲む人たちがそれを受けて解雇しろ、解雇しろと叫ぶ。すき間なく並んだ彼らは拳を突き上げながら、少しずつ前進しようとしている。息遣いは荒く、雰囲気は険悪になってくる。目には見えないけれど、全員が獣のように唸り声を上げているのが感じられる。今にも炎が上がり、その熱気に追いつめられそうな勢いだ。

私はなんとか体をねじると鞄の中に手を入れる。

「ねえ、どこ？　一体どこにいるの？」

携帯電話で電話をかけ、ようやくあの子の声が聞こえたとき、大きな長靴が私の足を踏みつけて通り過ぎる。ふらついたせいで携帯電話が地面に落ちる。急いで屈み、手を伸ばすが、無数の長靴の間に携帯電話は見えなくなる。

「神聖な大学に同性愛者とは何事だ」

鋭い言葉が、さらに鋭い言葉を呼びこむ。ごつごつした肩と太くて力強い腕が、脅しをかけるようにぶつかりながら通り過ぎていく。いつの間にか私は雨具を着た長身の人たちに囲まれている。

「グリーンが軽い怪我をしたそうです。私も向かっているところなんですが。もしやと思ったので」

あの子がそう言ったとき、もっと具体的に尋ねておくべきだったのだろうか。なにが、どんなふうに、どうして起こったのか詳しく訊いておくべきだったのだろうか。かすかにサイレンの音が聞こえ、赤色警光灯が現れる。一斉に後ずさりしたせいで、数人が地面につんのめる。私は倒れた人たちを踏まないように神経を尖らせる。その間も、どうにかして携帯電話を見つけようと必死だ。

人々は道を挟んだ向こう側へと大声を張り上げる。待っていましたと言わんばかりに罵声が飛び交う。順序も秩序もない言葉が空中で入り混じりながら、やがて巨大な騒音の塊になる。危うい凄みを帯びた感情が人々を取り囲む。自分がなにを言っているのか、それがどんな意味を持つ言葉なのか、どんな感情の中にいるのか、誰も把握できていないようだ。どす黒い怒りに呑みこまれてしまったみたいだ。

自分がどこにいて、どこに行くべきなのか把握できていないのは私も一緒だ。

頭を打ちつける雨は髪を濡らし、顔へ、うなじへ、肩へと流れ落ちる。靴の中はかなり前からぐしょぐしょだ。びちゃびちゃの靴を引きずりながら、どうにかしてここを抜け出そうと試みる。でも四方が塞がれていて、私の力で脱出するのは不可能だ。

人々が一斉に向きを変えて動き出す。雄たけびが聞こえる。それに続いて校門のほうで誰かが悲鳴を上げる。窓ガラスの割れる音がして、どんどんと破壊音が上がる。光が目まぐるしく揺れる。もうこのあたりで帰ってしまいたくなるのを思いとどまり、私は一歩、また一歩と踏み出す。雨脚が激しくなる。見上げると、赤い光を宿した雨粒が一面を覆っている。

目に見えない、見たくない場面が想像の中をきらめきながら通過していく。あそこに娘がいる。娘はうずくまったまま恐怖に震えている。取り囲まれ、なにが飛んでくるかわからないまま絶体絶命の状況だ。

敵意と嫌悪、蔑視と暴力、怒りと無慈悲、まさにその中心にいる。

ここにいる全員のもっとも暗い闇の部分に身を縮めていた感情。目を光らせながら深淵にひそんでいた感情。目のくらむような光がまさに今、息を殺していたその感情を手当たり次第に目覚めさせているかのようだ。

後方でサイレンの音が聞こえる。人々がのろのろと後退し、救急車が姿を見せる。私は救急車のお尻にくっついて、少しずつだがようやく前に進む。誰かを呼ぶ声。細くて高い声で泣き叫ぶ女性の声が鮮明になる。でもその声は遠いままだ。いつの間にか、またしても大きな長靴に阻まれてしまう。救急車の停まっている場所から、どけ、載せろ、閉めろという声がうねりながら、私を囲む人々の壁を越えて耳に届く。誰が怪我したのだろう。救急車が来るほどのひどい怪我なのだろうか。娘だろうか。胸が波打つ。血潮が首筋から頭へと這い上がっていくようだ。体は悪寒で震えているのに顔は赤く火照っている。膀胱が今にもはち切れそうだ。私は尿意を催した犬のようにうんうんと唸りながら、横にいる人の腕をつかむ。

「ちょっと。助けてください。あそこに連れてってください」

こっちを向いて話を聞いてくれるのかと思った人は私の腕を振り払い、こちらを避けて立つ。

「おばさん、ここにいてはいけません。あっちに行ってってください」

一人の若い男が私に目を留める。サイレン音の合間にクラクションが鳴り響く。私はとっさに、彼が肩にかけている鞄の持ち手をつかむ。

「ちょっと。ここから出してください。あっちに。救急車がいるところに連れてってください。トイレに行きたくて死にそうなんです。トイレはどこですか？　お願いだから助けてください。ここから出してください」

男は困った表情で私を見る。私は目じりを拭いながら瞬きをくり返す。激しい雨のせいで目が開かない。なにも見えない。男は隣に向かって話しかけると、周囲をかきわけながら動き出す。

「ここを握っていてください。ちゃんとついてきてくださいね」

その場にくずおれてしまいたい。どこでもいいから楽な姿勢で横になって、深呼吸して、興奮を鎮めたい。ここから遠く離れて、なんてこと、あそこでそんなことがあったんだとニュースでも見ているように、他人事のように言いたい。でも、それは少しずつ不可能になっていく。私を取り囲んだ人たち、ある種の世界と呼べるものが私を徐々に真ん中へと追いつめ、不本意ながらも中心に立たせようとしている。

「さあ、どうするつもりなのか見てやろうじゃないか」

もしかするとこの瞬間、あらゆる人間が目を剝《む》いて私を凝視しているのかもしれない。ここからどうにかして抜け出そうとする私を、やっぱりという表情でにらみつけているのかもしれない。

灯りのついた小さな食堂でようやく許可をもらい、トイレに入る。台所の真横、小さな木のドアを開けて入ると、小さな洗面台と便器が現れる。濡れたズボンがなかなか脱げない。なんとかズボンを下ろして便器に座った瞬間、我慢していた尿がほとばしる。一気に出てすっきりするかと思ったが、すぐにちょろちょろ程度になる。おならの音が響き、私は恥ずかしがることも忘れてひとりごとをつぶやく。

「なんてこと。こんなことが。一体どうして」

熱気が首筋を激しく掻きむしりながら顔へと上がっていく。こめかみがひとりでに脈打つ。今にも頭が割れそうだ。制御不能の体。制御不能の思考。もう私には制御できないものしか残されていない。

「大丈夫ですか?」

店を出ると、ぽつんと立っていた男が近寄ってくる。こんなときに大丈夫かなんて質問はしないでほしい。今の私にはとてつもなく魅力的な餌だ。投げられたら最後、内側に抑えこんでいた言葉は、どうにか手綱を引いていた感情は、いとも簡単に釣り上げられてしまうだろう。そんなことを考えるほど、私は弱気になっていた。寒気がする。雨に打たれた獣みたいに全身がぶるぶる震える。

「デモに参加するために来たんじゃないですよね? こんなに雨が降ってるのに傘もささずに。びしょ濡れじゃないですか」

「携帯電話を貸してもらえませんか? 電話しないと」

気分が悪い。うつむいたら今にも吐き気がこみ上げてきそうだ。携帯電話を受け取る。でも、娘の電話が思い出せない。いつも短縮ダイヤルでかけているせいだ。私は娘の電話番号もわからないんだ。電話すらかけられないんだ。それ以外にもわからないことがなんて多いことか。雨の中に佇《たたず》み、くよくよ思い悩みながら携帯電話をいじくる。

「これは何事ですか。なんてこと。一体、なにが、どうしたのかわからない。こんなの見るのはじめてです。だ、誰が怪我したのかしら？　知ってます？　なにがあったのか知ってますか？」

温かいものが瞳を濡らし、そのまま雨と混じり合う。男はためらっていたが口を開く。それから単語を選び、文章を作ることに集中する。年寄りの私にも簡単に理解できるよう配慮しているのは明らかだ。でも、他に言いようがない単語が彼の口から飛び出す。不適格者。同性愛者。資格を満たしていない。レズビアン。異常。決して聞きたくなかった言葉の数々。それらは私の中の閉ざされていた扉を開け放つ。制御していた感情があふれ出す。

娘のような人たちが真ん中に立っていて、まるでチーム分けをするように支持する人、反対する人。彼らを引きとめようと出動した警察と教職員。私は一体、どのあたりに立っていたのだろう。どれだけの間、立っていたのだろう。この男はどの位置に立っていたのだろう。でも、尋ねることはできない。

急に脚の力が抜けて、私はその場に座りこむ。

「ここに座っちゃだめです。立ってください」

男が私の脇に両腕を差し入れると、急いで立たせる。

膝が砕けそうに痛むとか、みんながちっともどいてくれないとか、携帯電話を失くしてしまったとか、娘の電話番号がわからないとか、もう自分でもしどろもどろで、どうしていいかわからずにいた私は涙を止めることを諦めてしまう。そしてしばらくの間、制御不能の自分を放っておく。雨が降りしきる。遠く正門のほうで雄たけびが響く。

*

翌日、私は出勤せずに娘がいるという病院に向かう。陽が昇り、外は明るくなっていた。蒸し暑さは相変わらずだけど真夏の厳しさは過ぎて、季節は秋へと傾きはじめたことが感じられる。

「いらっしゃいましたか。びっくりなさったでしょう?」

病院のロビーに入ると、誰かが近づいてきて声をかける。

「お宅でごあいさつしたじゃないですか。徹夜したときです。覚えてませんか?」

私はとっさにその人の手を握ってうなずく。喉が腫れて声が出ない。唾を飲みこむたびに、まるでトゲでも飲んだような気分になる。私は泣きそうな顔で娘の名を言う。その間にもう一人がやってくる。しばらくの間、彼らは低い声で言葉を交わす。彼らの顔が霧のようにぼやけて入り混じる。誰かが震える私の手を握り、肩を柔らかく包んでくれる。

「ご心配なく。グリーンなら大した怪我じゃありません。今だけＩＣＵに入っていますが、もうすぐ出てくるでしょう」

私をなぐさめる声。でも、その声に宿る不安と緊張、恐怖と心配の色は隠せない。

「ＩＣＵだなんて」

口を開くと、声がかすれている。

「グリーンは大丈夫です。ユンジが重症です。ギョンイもです。教師をやってるって人がいたじゃないですか。もう一人は研究室にいるって。覚えてないですよね？」

誰かが私を空中に持ち上げて、くるくる回しているみたいだ。彼らと私はお互いを支えるように、ほとんどしがみつくようにして歩く。病衣を着た人と車椅子を押す人がこちらを横目で見ながら通り過ぎる。ようやく三階にあるＩＣＵの前にたどり着くと、椅子に座っていたあの子が立ち上がるのが見える。片方の頬が殴られたように腫れている。額には白い包帯が巻かれ、片手にはギプスをはめている。

「驚かれたでしょう？　携帯電話を失くされたとは思いませんでした。ずっと電話してたんですけど。私たちも余裕がなかったので」

あの子の唇の真ん中が切れて真っ赤な血が滲む。私はハンカチを渡すと、長椅子の端に崩れるように座る。それから廊下の一点をじっと見つめる。錐《きり》のような鋭いものでこめかみを刺されているみたいだ。いや、尖ったものが頭の中でめりめりと成長を続けているみたいだ。

トゲみたいな、釘みたいなもの。

私はずっとそういうものを育て、胸に抱いてきたのかもしれない。そして外部から、誰かから、自分を守ってくれると思いこんでいたのかもしれない。でも、それが実際に引き寄せたのはこんなにもおぞましい痛みだった。私は頭に広がる疼痛《とうつう》を不安な気持ちで見守る。頼むからもうやめてくれという訴えにも似た言葉は、口の中でぐるぐる回るだけで出てこない。

みんなが言うように娘は無事だった。娘が歩いてくる姿を確認した瞬間、頑丈な壁が崩れ落ち、はじめて光らしきものが、空気と呼べるものが差しこんでくる。

「大丈夫？　ほんとに大丈夫なの？」

娘の裂けた額と皮が剝けた腕、剝《は》がれた足の爪を念入りに確認して、触れて、ようやく私は問いかける。

「ＩＣＵにいる人たちはどんな状態なの？　重症なの？」

娘は長椅子の周りをうろうろしている人たちと言葉を交わす。そして戻ってくると私の手を握って言う。

「母さん」

ようやく一言を絞り出すが、しばらく沈黙が続く。静かなすすり泣きは、すぐ慟哭《どうこく》に変わる。娘の濡れた目じりに髪がまとわりつく。彼らの怪我がひどいという意味なのだろう。その瞬間、それが娘じゃなくてほんとによかったと思う。

娘の携帯電話から担当の看護師と教授夫人に簡単なメールを送る。さらに人がやってくる。ＩＣＵに入院した人たちの親も来る。面会謝絶だと告げられた彼らは私の近くに腰掛けて、ぼうっと床を見つめるばかりだ。その姿を目にした瞬間、そうなったのが娘じゃなくて彼らだったことに安堵する自分を恥ずかしく思う。それなのに一刻も早く安全な家に娘を連れて帰りたくて苛立つ。

「下半身不随になるかもしれないって。ユンジは」

やっとの思いで食堂に連れてきた娘から聞いた話だ。ＩＣＵに横たわる二人のどちらかのことを言っているのだろう。それが誰なのかは尋ねない。そうすることで、娘がまたその人のことを思い浮かべてしまうのは避けたい。

「うん。とりあえず食べなさい。しゃべらないで食べなさい」

私は哀願するような口調で話しかける。娘は握っていたスプーンを置いて語る。言葉というよりはため息混じりの、悲嘆にくれた、悲痛なひとりごとだ。

「人が倒れているのに。体を踏みつけて、上に乗って、物を投げて。警察の目の前で。あんなにたくさん人がいたのに。あの細い子を。あの子がどれだけ大声で痛いって叫んだか。みんな。人間じゃないよ。獣《けだもの》だよ」

唇をいじる娘の手が木の葉のように震える。隣に座るあの子が娘の肩を抱く。

「母さん。しかも野球、あれ、そうだよね？　野球のバット。あれ持ってる人もいたんだよ。夜だったじゃない？　よく見えないし。人も多かった。そんな人もいたの。あそこに。みんな、知らない同士じゃないのに」

あの子は、そんな娘の手にスプーンを握らせて言う。

「食べて。とりあえず食べて」

私も加勢する。

「少しでもいいから食べてごらん。食べなきゃ。まずは食べてから話そう」

ようやく娘が食べようとする。汁に浸《ひた》したご飯を数粒、スプーンですくって口にする。顎をしたたる涙がトレイの上に、汁の中に、ぽたぽたと落ちる。看護師とおぼしき人たちが、こちらをちらちら見ている。私はスプーンでご飯をすくうと口の中に押しこみ、力強く噛んで飲み下す。ご飯をすくって食べる方法を子どもにはじめて教える親みたいに。口を大きくあーんと開けさせて、噛み方を教え、飲みこめたかどうか確認していた昔の私みたいに。最善を尽くしている。

向かいに座る二人はうつむいて食事を続ける。手を伸ばせばいつでも届く距離。でも、この子たちが私からどれほど離れたところに、どんな姿をして、どんな場所に立っているのかわかっていなかったのは確かだ。そして今、すべてが明らかになる。この子たちは生の真ん中にいる。幻想でも夢でもない、堅固な大地をしっかり踏みしめて立っている。私がそうであるように。他の人がそうであるように。この子たちは冷酷とも言える人間の営みの中心で生きている。そこに立ってこの子たちがなにを見ているのか、見ようとしているのか、見ることになるのか、私には見当もつかない。

ご飯はなかなか飲み下せなくて、私はぐっとこみ上げてくる熱いものをひたすら飲みこむ。

＊

「その日、何人が、いつ、どんな理由で集まられたのですか？」

記者が尋ねる。

「不当解雇に反対する、ただのデモでした。いつもどおり私と、講師がもう二人、他の団体から来られた方々、学生が三人と私の知人たちが来ていました」

娘が答える。

「その日の午前中に学校側と正式な面談があったと聞きましたが？」

「予定はありましたがキャンセルになりました。学科長も総長も来ないのに、なにが面談ですか。誰との面談ですか」

娘が握っていたペットボトルをくしゃくしゃにして音を立てる。

「最終的には、その方の復職を要求するんですよね？」

「復職もなにもないでしょう。その方も私も、ただの非常勤講師にすぎません。退職金や年金を望んで、ここにいるわけではありません。その方は一年契約の非常勤講師でした。一年どころか九ヵ月でしたが」

「要求は復職じゃないんですか？」

「私たちは謝罪を望んでいました。今後は改めるという約束も。話にならない理由で学校側は講師をクビにしたんですから。納得のいく理由だったら、そういうことなのかと引き下がったでしょう。授業の評価が低すぎたとか。しかるべき理由ならば」

記者は小さな手帳になにかを書き留める。でも娘の言葉に耳を傾けているようには見えない。出前のオートバイが校門の中へ入っていく。驚いた鳩が一斉に飛び立ち、立ててあったいくつかのプラカードが倒れる。

「学校側が主張している不適切な講義という意見はどう思いますか？　その講師の方が、とにかく適切じゃない講義をしたとのことですが」

「それは言い訳です。弁明です。ちょっと待っていてください」

娘が手を振る。誰かの名前を呼ぶと、髪をぴょこんと結んだ女の子と丸メガネをかけた男の子がやってくる。

「ほんとに不適切な講義だったかは、この学生たちに訊いてください」

記者が学生たちと話している間、娘は黙って二、三歩下がる。私は離れた場所に座って、そんな娘を見守る。でも、あそこに立つ娘がなにを見、どんなことを考え、どんな気持ちなのかさっぱりわからない。わからないことだらけで不安と焦燥が募るばかりだ。

「でも、どうしてそんな映画をわざわざ観せたんですか？　学生たちに」

記者が娘のほうを振り向いて尋ねる。

「授業をしなきゃいけないからです。課題を出さなきゃならないし。その映画を観て、討論して、自分の考えを書いて提出するのが授業の課題でした。観るべき映画でしたし。それに、どんな授業をするかという権利は講師にあります。ずっと、そうやってきたんですから。私も。他の講師も」

目が合うかと思ったのに、娘は完全に記者のほうへと向き直る。片手を腰にあて、体を少し傾けて立つ姿は怒っているように見える。

「ところで、その講師の方とはどんな仲ですか？」

「同僚です」

「親しいみたいですね？」

「あのですね。私がそういう付き合いのために、ここに来ていると思います？　私はここでの活動のために、他の大学の講義を二つ諦めたんですよ。それくらいこの問題は、私や他の講師にとっても重要なんです。どんな講義をするかは講師の基本的な権利じゃないですか」

記者が娘の言葉に割りこむ。

「もしかして、実際に同性愛を支持している方なんですか？」

娘の答えは聞こえない。でも十分に予測がつく。娘は隠れたり、隠したりすることがない。これか、これがだめならあれだ。これでもあれでもないものは持ったことも、持とうとしたこともない。死んだ夫にそっくりだ。いや、もしかすると娘がまだ若いからなのかもしれない。若いとは愚かだということだから。テーブルづたいにぐるぐる回りながら鼻歌を歌っていた子がはにかみながら近づいてくる。私は手を伸ばして、柔らかくて小さな手を握る。ほっくり炊きあがったご飯みたいな指。口に入れたら、アイスクリームみたいにあっという間に溶けてしまいそうだ。

「暑いでしょう?　こっちにおいで。こっちに」

「暑いよ」

この子は自分の母親がICUに横たわっていることを知っているのだろうか。母親がどうしてそうなったのか、父親が病室で母親に付き添う間、道端で母方の祖父母がどうして照りつける日差しをじっとにらんでいるのか、理由をわかっているのだろうか。健康な二本の脚と腕で自分を軽々と抱き上げてくれていた母親が車椅子に乗って現れたら、この子はどんな表情を浮かべるのだろう。そんなことを考える今この瞬間も、私はこの子の祖父母が立っているほうを必死に見ないようにしている。私はあの老夫婦に謝るべきなのかもしれない。すべては育て方を間違えたせいだと平身低頭して詫び、涙を見せるべきなのかもしれない。でも、うちの娘のせいでお宅の大事な娘さんに怪我をさせてしまったなんて、どうやったら口に出せるだろう。誰のせいでもないと言っていたあの夫婦の胸中を推し量ることもできない。

小さな子を引き寄せ、額に流れる汗を拭いてやる。

「さあ、ここに座ってごらん?」

どんぐりみたいな子の横に私も座る。ちらしを何枚か折ってあおいでやる。子どもの柔らかくてすべすべした髪がふわりとなびく。脚をばたばたさせて、子どもがふざける。

質問は続く。

「では、そのパートナーと付き合ってどれくらいになるんですか？　一緒に住んでいる方です」

「七年になります」

そう話す娘の顔からしばしば緊張感が消える。今この瞬間。熱い火の前で炒めて、焼いて、揚げているあの子を思っているのだろう。

「でも、そんな関係に希望があるでしょうか。好きなときに別れて背を向ければ終わりじゃないですか」

娘に問いかける人は私になる。人が愛だと語るとき、その愛という虚ろな言葉を補ってくれる細部を私は思い描いている。

例えばお前たちが夜中に体をまさぐり合うとき、なにをどうできるのか。そんなものをセックスと呼べるなら。女としての快楽や喜びをお前たちも得られるのか。得られるというなら、どうやったらそんなことが可能なのか。

こういう根本的な好奇心。他の人々となんら変わらない考え。私の血と肉から現れて成長した娘は、もしかすると私からもっとも遠いところにいる人間なのかもしれない。私には決して理解できない人間なのかもしれない。子どもを持てない関係。なにひとつ作り出せない虚しい関係。永遠に不完全なままの生。そのせいで影のようについて回る人々の軽蔑と侮辱。甘んじて受け入れなければならない羞恥の重さ。

お前が望むのは、ほんとにそんなものなの？

私は知りたい。なんの関係もないあの記者のように小さな手帳を手に、たまにメモするふりをしながら期待も、欲も、恐れも一切ない状態でとにかく問いかけ、答えを待ちたいのかもしれない。でも、なにかを知るというのは、なんて不安なことなんだろう。

それでも訊かなければ。そうするしかない。問いかけて、また問いかけて、疲れ果てるまで問い続けられる人でなきゃならない。娘は私の子どもだから。いつかは答えを知りたいし、知らなければならない。少なくとも逃げる親にはなりたくない。そんなふうにして回避して、尻込みして娘を失いたくない。

「ここは宗教団体が設立した学校じゃないですか。だから受け入れるのは難しい問題のようにも見えますが。どう思われますか？」

記者は眩しいのか、手をかざして立っている。どんな表情をしているのか確かめようがない。

「理解する、しないの問題じゃないんです。理解してくれと頼む問題でもないです し。これは権利じゃないですか。誰もが生まれながらに持ってるものです。それに私生活と仕事は別でしょう。私の要求って、そんなに大それたものですか？ 仕事と私生活を区別してくれってこと。講師の基本的な権利を守ってほしいってこと。それって当たり前のことじゃないですか」

娘の断固とした声が聞こえてくる。

＊

「うちの娘が死ぬところだったんですよ」

ジェンが質問してきたら、そう答えるつもりだ。

「どうして？　なにかあったの？」

ジェンが声を落としたら隣に座って、誰にも言えなかった話を夜通しささやくつもりだ。でも、三日ぶりに出勤した施設にジェンはいない。

認知症の専門病院に移されたという説明がすべてだ。ジェンがいた病室はがらんとしていて、壁紙とペンキが剝がされていた。まもなく工事がはじまるらしく、立ち入り禁止の立て札もあった。じめじめと生臭いコンクリートのにおいが充満している。

「なにも言わないこと。黙ってなさい。やり過ごすこと。おとなしくしてなさいってっ。まったく」

目ざとい教授夫人が急いで近づいてくると、私の手を力いっぱい握りしめてから去っていく。私は一瞬で担当する患者を失い、することのない人みたいに廊下をうろうろする。誰もなにがあったのか話してくれない。今後はどんな仕事を、どんなふうに、どれだけやらなきゃいけないのかも教えてくれない。

「座ってお待ちください」

看護師は示し合わせたように、よそよそしくふるまう。私はここにはじめて来た日のように案内デスクが見える低いソファに座って、クォン課長の呼び出しを待つ。彼は昼休みが終わってかなり経ってから姿を現す。老いた院長夫婦が前を歩き、彼がその後ろに続く。

「あ、奥さん。用事があるとのことでしたが解決しましたか?」

院長夫婦は部屋に入り、彼は私を調剤室へ連れていく。

「ちょっとこちらへ」

私が入ると、彼はがちゃりと音を立ててドアを閉める。小さな窓の向こうに救急車が二台見える。救急車の開いたドアから長い脚が伸びていて、白いタバコの煙が流れ出す。救急車の運転手たちに患者の誘致を頼み、またいくらか握らせたに違いない。ほとんどの療養保護士が半強制的に協会へ支払っている会費は施設側に収められ、その金が今度は救急車の運転手たちに提供されているという事実を知らない者はいない。彼らはどうにかして患者になりそうな人を見つけだすだろう。問題のない人まで連れてきて患者に仕立て上げ、この施設に収益をもたらすのだろう。

「やはりこちらでは専門的な治療は難しいので、別の施設にお送りしました。奥さんには直接申しあげたほうがいいと思いまして」

なぜ、よりによって私がいないときに決定したのだとは訊かない。この人たちの本音をわからないわけではないから。最後まで正直に言うはずもないから。ドアが閉められ、二台の救急車が順番に走り去るのが見える。

「いつ発たれたんですか？」

私が尋ね、クォン課長が答える。

「今朝です。明るいうちに行って、食事や見学をされたほうがいいと思いまして」

棚をぎっしりと埋め尽くす小さな注射器と長いノズル、小さな箱に詰められた消毒剤、大きな薬の筒などを見ながら、私はしばらく言葉を失う。

ふと、こんな言葉が飛び出す。

「課長のご両親はご健在ですか？」

生きていれば八十をとうに超える年齢だろう。この程度の問いかけでなにかが変わるかもと期待しているわけではない。私がなにを言いたいのか、彼はすぐに察知する。

「亡くなりました。かなり前になります」

だからクォン課長の言葉は嘘かもしれない。

「もしも自分の親だとしても、みなさんああすることができたんでしょうか」

私はそうつぶやき、ついに切り出す。

「これはいくらなんでもおかしいです。誰の同意もなく、しかも、私にも一言の断りもなく。いくらなんでもひどいでしょう」

「同意を得なければならない家族がいたならそうしていたでしょう。でもご存じのとおり、誰もいないじゃないですか。法的に保護士の了解が必要なわけでもありません

クォン課長の顔には疲労の色がありありと浮かんでいる。厳格で道徳的な物差しを振りかざして、この人ひとりに責任を問うても仕方ないことはわかっている。今日では仕事という行為は損なわれ、汚されてしまった。ずっと昔、仕事は私たちの世代には自尊心と自負心を吹きこんでくれたのに、その役割を失って久しい。人間は仕事の主ではなく奴隷と化し、疎外されたり無視されたりすることを恐れ、常にびくびくしていなければならない。そしてついには仕事の外側へと追いやられ、追い出され、失敗を認めなければならない瞬間を迎える。

「奥さんも、こちらでの仕事は今月末までにしていただきたいのですが」

クォン課長の口からその言葉が発せられた瞬間、ずっとこのときを覚悟していたの

だと気づく。予測していても準備や対応ができないこと。私はジェンの転院先を尋ねる。

「ご存じじゃないですか。家族以外には教えられません」

「私はあの方の家族も同然です。ご存じですよね」

「そういう話じゃないでしょう」

まだなにか言おうとしていたはずのクォン課長は、首を振ると調剤室から出ていってしまう。

調剤室を出た私は建物の裏にあるごみの集積場に向かう。そして汚れたビニール袋を素手で一つずつ開けてみる。便と吐瀉物《としゃぶつ》、血と膿が混じったティッシュとおむつをつまみ出し、濡れた新聞紙と割れたガラス瓶、汚れたノズルと注射器も一つひとつ取り出す。

後を追ってきた教授夫人が近づいてくる。

「どうしたの？　なにかあったの？　課長はなんて？」

私は腰のあたりまである大きなごみ袋をひっくり返し、中のものをぶちまける。ごみは床にあふれながら騒々しい音を立てる。

「ちょっと、どうしたのよ。この人ったら変なものでも食べたのかしら、どうしたの」

教授夫人が私の腕をつかむ。私はその手を振り払って言う。

「戻って仕事しなさい」

「この状況でどうやって仕事するっていうのよ。一体、なにがあったの。言わなきゃわかんないでしょう」

私はしゃがみこんで、ごみを一つずつつまみながら言う。

「訊いてみてもよかったじゃないの。あの人が移されるとき、どうしてなんだって、一言でも言ってみるべきだったんじゃないの。私に電話ぐらいくれてもよかったじゃない」

「あんたね、ここでの私たちの立場を知ってて言ってんの?」

それでも言うべきだったのではないかという問いをなんとか呑みこむ。私の落ち度ではない。あなたの落ち度でも、誰の落ち度でもない。でもそれなら、この世に存在するたくさんの被害者はどこで、どうやって、誰から謝罪を受ければいいのだろう。こんなことを考える私も例外ではない。ひとり騒いでいた教授夫人は建物のなかに戻っていく。新入りの女性と看護師たちは、あのばあさん、ついにおかしくなっちゃったとひそひそ話をしているかもしれない。もっとひどい言葉をささやかれていたとしても仕方ない。くだらない非難やあざけりから逃れようとした結果、自分がほんとにやるべきことができなくなる。そんなの、もうやめにしたい。これまであきれるほどくり返してきたけれど、これで終わりにしたい。

ついに見つけだしたのは破けて汚れた二枚の賞状だ。幸いにも小さな表彰楯も一つ見つけだす。表彰楯のてっぺんが欠けている。どれもジェンが大事にしていたものだ。私は汚れをティッシュの切れ端で大方拭き取ると鞄の隅にしまう。

*

その日は日暮れ前に門の開く音がして、あの子が帰ってくる。私はソファに縮こまって横たわり、あの子が靴を脱いで家の中に入ってくる姿を見守る。左のこめかみに、まだ青あざが残っている。唇の端は黄色くただれている。

「すみません。いらっしゃると思いませんでした」

私は答えずに目を閉じる。夏の名残りが吐き出すじっとりした熱気が私を縛りつけて放してくれない。目を閉じると、どこからか漏れ入る水で濡れているような気になる。ぐしょぐしょになった壁紙が剝がれて、壁が少しずつ崩れ、家が今にも倒壊しそうに、きーきーと悲鳴を上げているようだ。

誰かが私の額に手を置く。

「大丈夫ですか?」

あの子だ。でも、私にその手を振り払う力は残っていない。

「熱がありますよ。病院に行きますか?」

私は大丈夫だというように手を振る。あの子がかぼちゃを入れたみそ汁と、ゆるめの粥を作って持ってくる。

「少しでも召しあがってください。薬を買ってきますね」

あの子が出ていく。チクタク。時計の音が寂しげに鳴り響く居間の奥にまで夕焼けが押し寄せる。ゆっくりと起き上がってみる。触れ合った骨に痛みがよみがえる。腕がちぎれそうに痛む。スプーンを握って、ゆっくりとあの子が作った食事を味わう。

元気を出さないと。起き上がらなきゃ。そんなことを思うたびに娘の姿が浮かんでくる。

娘は今、道に立っている。

不測の事態がいつ起きてもおかしくない道に立っている。四方に伸びる道の果てから自分めがけて駆けてくるものの正体もわからないまま。そう思うとなにも飲みこめない。飲みこまれていかない。

あの子が戻ってくる。風邪薬と漢方ドリンク、大きな湿布は二箱もある。私は薬を飲むと、あの子の背中と肩に湿布を貼ってやる。包装紙を破り、湿布を取り出し、ビニールのこすれる音が静かな居間に満ちる。あの子がシャツをめくり上げると、背中と腰に長々とした赤い傷跡が残っている。鋭利なもので引っかかれたようだ。

「病院には行ったの？」

私が尋ねる。

「いいえ。それほどひどい傷でもないので」

ビニールを剝がした湿布が丸まってくっつく。涼やかなハッカの香りが広がる。私は爪で湿布の角を剝がしながらつぶやく。

「レントゲンを撮ったほうがいいのに。万が一ってこともあるじゃない。傷跡が残りそうね。後から神経痛になるかもしれない。そうなると、なかなか治らないよ」

あの子の背中に細かいでこぼこした跡が残っている。肌が点々と黒ずんでしまっている箇所もある。

「アトピーだったんです。子どものころ」

あの子が言う。

「アトピーなら、ご両親は気苦労が多かっただろうね。子どもの皮膚は柔らかくて薄いから、すぐにただれて傷跡が残っちゃう」

私は湿布を広げて、あの子の背中に貼る。もう一枚の湿布を手にすると、ビニールを剝がす。私が動くと、あの子が姿勢を斜めに傾ける。片方の肩には真っ黒いあざがはっきり残っている。皮膚が裂けた箇所に赤い血の筋が見える。

「それでも病院には行かなきゃ。見た目は大丈夫そうでも、わからないものなんだから。働いてるレストランの近くに整形外科はないの？　面倒でも必ず行きなさい」

あの子は答えない。私は答えも反応もない質問をして、ひとりで答えて、また違う話をたらたらと続ける。そうすることで、自分がほんとに話したいことを堪《こら》えているのかもしれない。

日は暮れて、私とあの子は娘が立つ道端に到着する。

遅い時間にもかかわらず、プラカードを掲げる人たちがいた。小さな照明の下で人々の表情がゆらめき、前に立った人がしゃべっている。私は後方の離れた場所に落ち着く。あの子は前方に歩いていくと、娘の横に並んで立つ。互いのほうに体を傾けて言葉を交わしているようだ。道の向かい側から騒々しい声がすると思ったら、大音量で音楽が流される。そのせいで真摯な雰囲気が壊されて、騒ぎになる。

「あの人たちのああいう行為。今にはじまったことじゃないでしょう。病院にいる方々のために祈ってください」

そう話すのは重傷を負った人の家族だ。今もＩＣＵに横たわるあの人。集まった人々が親しみのこもった声で口にする名前。その人の両親は帰ってもういない。小さな息子も姿が見えない。だとしたら、あの女性は誰なんだろう。伯母だろうか。もしかすると家族じゃないのかもしれない。

「よかったらどうぞ」

私は女性が話し終えるのを待って、家から持ってきた果物と冷たい水を差し出す。

遠くでマイクを握る娘が話しているのが聞こえる。スピーカーから聞こえてくる娘の声は落ち着いていて、真剣そのものだ。でも、反対側からがんがん響いてくる音楽と声のせいで内容を聞き取るのは難しい。そこに座って騒動のすべてを見守りながら、私は言葉が出てこない。

自分がこんな場所にいるという事実。罵声と非難が向けられるこの場所に座っているという現実。すべてが嘘みたいだ。娘とあの子がしでかした悪ふざけに巻きこまれて、愚かにもまたやられたという気がする。でもこれが悪ふざけだとしたら、下半身不随になるかもしれないあの女性の誰の目にも明らかな悲劇は、どう考えるべきなのだろう。今この瞬間も娘の周りをうろつきながら攻撃のチャンスをうかがっている幾多の悲劇は、どうやって防いだらいいんだろう。

そう思うと私はもう、道の向こう側に集まった人たちのような発言はできない。してはいけない。この子たちに目につかないようにしろと諭したり、口を閉ざせと命令したり、息をひそめて生きろ、死んでしまえと言ったりすることはできない。私の役割は、そんなことを言う人たちの側に立つことではない。だからって、それがこの子たちへの完璧な理解を意味するわけでもない。だとしたら私はどこに立っているのだろう。どこに立つべきなのだろう。

この子たちが不憫《ふびん》だ。気の毒で哀れだ。私もその点では一瞬だけ歩みを止めて好奇心を示すけれど、再び歩き去っていく通りすがりの人たちと同じ気持ちだ。

「少しは食べたの?」

ようやく娘と短い会話を交わすことができる。

「さっきのみんなと夕飯を食べた。なんで来たの? 過労で体調が良くないんでしょ? 早く帰りなよ。明日も出勤しなきゃいけないんでしょ。私は大丈夫だから、もう行って」

「そうしなきゃね」

一緒に帰ろうという言葉が喉まで出かかる。でも、言うのは我慢する。その言葉を言ってしまったら別の言葉が、そしてまた別の言葉が出てくるに決まってるから。私はすぐに帰ると告げて、再び娘の姿を遠くから見守れる場所に落ち着く。

時刻は十時を過ぎたところだ。道の反対側で吠えていた人たちが静かになる。明日またと約束して帰宅したのだろう。長い闘い。今この場所からは目に見えない、果てしなく遠い明日を覚悟しなければならない闘い。停留所に目まぐるしく停車していたバスの間隔があくようになり、人もまばらになる。校門の向こうにそびえ立つビル群には煌々《こうこう》と灯りがともっていて、まるで目を剝いているように見える。

「私の妹は空から降ってきたわけじゃない。降って湧いたように現れた怪物じゃないんです。親がいて、兄弟がいて、友人がいます。あの子を愛してくれる人たちだっているんです」

テーブルの前で誰かが小さな声で話し出す。

「そう、そのとおり」

私はひとりごとを言いながら、その話を聞く。

「私たちは、ただここにいるだけです。ここに存在しているんです。そうか、きみたちはここにいるんだなと知ってくれること。私たちの願いはそれだけです」

今度は誰かが言う。

「そう。そういうこと」

私はその話も聞く。聞いて、また聞いて、とにかく聞き続ける。どれだけ聞けば、私も話をはじめることができるのだろう。

「私は自分の娘がこうやって差別されるのが悔しいです。勉強もいっぱいしたし、物知りなあの子が職場を追われ、お金がなくて困り果て、貧困の中に閉じこめられ、私のように老いてまで苦しい肉体労働の中に投げこまれるんじゃないかと不安です。それって娘が女を好きなことと、なんの関係もないでしょう。この子たちを理解してくれって頼んでるわけじゃないんです。ただ、この子たちが得意な分野で仕事ができるように放っておいてくれて、ふさわしい待遇を与えてくれること。私の願いはそれだけです」

例えばこういう話を、私も声に出して言えるようになるだろうか。娘に対する不安と無念、裏切られたという思いと憤りのような感情から完全に脱皮して、あの子たちが立っている場所は情け容赦のない世界のど真ん中なのだと言えるようになるのだろうか。

翌日、始発に乗って帰宅すると電話が鳴る。

「奥さんですか?」

受話器の向こうから聞こえるのが、老人ホームで一緒だった新入りの女性の声だと気づくのにかなりの時間を要する。

「メモできますか? メモしてください。急いで」

彼女がたどたどしく読みあげる住所を、私はチラシの隅に書き留める。

＊

ジェンが移された病院は、バスで三時間以上かかる場所にあった。タクシーはビニールハウスが連なる二車線道路の果てで私を降ろすと、走り去ってしまう。私は汗をだらだら流しながら遠くに見える教会を目指して歩く。以前は教会として使われていた建物を改造した老人ホームは、みすぼらしくて劣悪だとひと目で見て取れる。庭につながれていた二匹の犬が体を起こし、歯を剥き出して吠える。

私はジェンにこう話しかける。

「おばあさま、うちの娘が死ぬところだったんですよ」

「うん。娘がいるの？」

「はい。娘がいます」

「娘が一人？」

「はい。娘が一人」

「きれいだろうね。お母さんがきれいだから。お母さんに似たら、どんなにきれいだろうね」

違った。そこで私を待っていたのは、そんな細やかで愛情深いジェンではなかった。ジェンの面倒をみている療養保護士が言うには、ここ数日で急に容体が悪化したとのことだった。睡眠薬の処方が多すぎたのかもしれない。衰弱した老人は、たった一晩で取り返しのつかないほど容体が悪化することもあるから。私は虚ろな表情で療養保護士の話を聞く。

横たわるジェンの目は焦点が定まっていない。天井に向かってぼうっと開かれた二つの目。その両目が向かう先が、私の立つこの世でないことだけは確かな予感として感じとれる。

「おばあさま」

私はジェンの手を握ると、ジェンの口元に耳をあてる。細くて弱々しい息遣いを確かめるためだ。まだジェンが生きているという証拠を探そうと必死になる。ジェンの額を撫でながら、布団の中の細い足をぎゅっと握りしめる。

「それでも、ここまでひどくはなかったのに。わからなくなってしまうときもあったけど、食事もしてたし、お話もたくさんされてたのに。おばあさま、おばあさま、私です。私のこと、覚えていますか？　こっちを見てください。私を見てください」

八つのベッドが並ぶ小さな部屋。体を起こして座っている二人以外は、きちんとした姿勢で横たわったまま動かない。古い扇風機が二台、回転するたびにきりきりと音を立てる。この場所には、それ以外に音と呼べるものは存在しないのかもしれない。

ついてきた療養保護士が不服そうな表情でつぶやく。

「私だって、もう少し余裕があれば気配りできたと思いますよ。でもご存じのとおり、そんな余裕はとてもとても。ここは二交代制で回してるんです。あの日はちょうど遅番の担当者が遅刻したので」

療養保護士から汗と生乾きのタオルみたいなにおいがしてくる。私は思い出したように、お見舞いに持ってきたジュースを開ける。彼女に一本を渡し、起きている二人の老人にも持っていってから自分も一口飲む。急に咳がこみ上げてくる。私は違う話をしようと試みる。ジェンはこんな扱いを受けていい人じゃない、もっと手厚い待遇を受ける資格がある人なんだという話だ。でも言葉がすらすら出てこない。私はどうにかしてジェンという人間を説明しようとする。

彼女は私の言葉をさえぎって言う。

「資格ですって。じゃあ、この中にこんな扱いを受けなきゃならない人がいるって言うんですか？　この方がどんな人生を送られたのか私は知りません。そんなこと、いちいち知る必要もないですし。知ったからってなにが変わりますか。結局はみんなこういう場所で、誰にも知られず死んでいくんですよ」

　そして部屋を出ていこうとする。

「なにか言っていませんでしたか？　誰かを探してるとか、会いたいとか。食べたいものの話とかしませんでした？」

　私はハンカチで顔を拭きながら尋ねる。顔から汗が吹き出す。腕でもう片方の腕を覆った老人が脚を引きずりながら病室を覗きこむ。前を見てはいるけれど焦点の定まらない目が私から逸れる。

「まったく。また出てきたんですか。横になっててくださいってば。おじいさん、おじいさん！」

「ちょ、ちょっと待ってください」

　私は口ごもりながら、もう一度話そうと試みる。彼女はジュースの空瓶を置いて、私の目を見る。

「立派な生き方ですって？　尊敬される人生？　そんなもん、人生はあっという間だって思ってる人間の言うせりふですよ。ご覧なさい。人生はぞっとするほど長いんです。みんな最後は一緒。死を待つだけなんですってば。事務所に確認してください」

でも私が事務所で聞けたのは、家族以外はジェンを連れていけないという話だけだ。血を分けた直系の家族でなければ、一切の権利も資格もないという言葉がすべてだ。私は追い出されるように事務所を出ると、犬が吠える庭の真ん中に立ち尽くす。犬は今にも飛びかかりそうな勢いで猛烈に吠えている。やけくそみたいなその鳴き声は、隙あらば襲いかかってきて私の耳を食いちぎらんばかりだ。

ジェンはここで死ぬのだろう。

ある日、ドアのほうを向いて、身を縮めて横たわった姿勢で息を引き取るのだろう。人々は死んだジェンを片付けて、きれいさっぱり病床を整理してから新しい患者を迎えるのだろう。ジェンの硬直した体は身寄りがないという理由で、火の中に投げこまれるのだろう。真っ白な遺骨は番号が振られ、無縁仏として倉庫の片隅に置かれるのだろう。骨壺がすっぽり収まるだけの狭い場所で十年を過ごし、乾いた原野に撒かれるのだろう。過去も、思い出も、遺言も、教えも、哀悼の言葉もなく。

ジェンの死は、自分みたいには生きるなという警告になるのだろう。

私はすることがない人みたいに庭をうろうろ歩き回る。鋭く吠えていた犬たちは静かになり、私は再び庭の端に座りこむ。頭上で陽が傾く。

「ジェンのところに行かなきゃ、とにかくなんでもやってみなきゃ」

そう思いながらも私がしていることといったら、その場に座って沈む夕陽を力無く見つめるだけだ。

「暑さの馬鹿やろう。なんてこと。おかげでみんな干上がっちまうじゃないか」

熱気の揺れる虚空をにらみつけていると、あっという間に顔がじっとりしてくる。ハンカチで鼻をかみ、目じりを拭《ぬぐ》ってから深呼吸してみる。このまますべてを諦めるわけにはいかない。どうせだめだ、打つ手がない、私にできることなんてない、そんなふうに諦めようとするのは絶対によくない。それはもっとも安直な方法だから。誰にでもできることだから。私はこのまま帰るつもりはない。それはできない。

夕闇の小道から小さな冷蔵トラックが庭に入ってくる。運転手が大きさの異なるアイスボックスと食材を入口に置くと、事務所の職員に領収書を渡しながらなにか言う。その間にエプロンをつけた二人の女性が出てくると、合わせ調味料の入った大きな瓶とビニール袋に入った食材を手に戻っていく。私はこの場にいない人みたいだ。誰も私に構わない。

なにをどうするべきか。

人を押しのけて病室に押し入り、ジェンを背負って出てくるという実現不可能な方法しか思い浮かばない。私にはできないこと。一度もやらなきゃと思った経験のないこと。目を閉じると、時間が押し流されていく音に寒気立つ。一瞬で昼と夜が逆転し、夏と冬が去り、降りしきる雨がやみ、緑があふれたと思ったら、寒々しく干からびた風景が舞い降りる。季節の移ろいの中で私は、もう手の施しようがないほど老いてしまったのかもしれない。

そんなことを考えながらも私はその場を離れない。今の私には、家に帰ろうとささやきかける自分自身を振り払うことしかできない。まだ諦めるのは早い、そう思うことしか、待つことしかできない。私は決然と立ち上がると、建物の中へ入っていく。

「あの。ところで、どんなご関係でしたっけ？　関係です、関係！」

病室のほうへ近づく私を、事務所から出てきた誰かが大声で呼び止める。家族でなければ絶対にだめだと釘を刺した、あの男性職員だ。

「無関係です。赤の他人ですって」

私はそう答えると、怒りをぶちまける。

「数日だけって言ってるのに、どうして邪魔するんですか？　あの方がどんな状態か見てきたらどうですか？　死んだも同然の、あの気の毒なありさまを見てごらんなさい。あのお年寄りが永遠に生きるとでも言うわけ？　どうせ明日の命も知れない人なのに、手続きとか法がそんなに大事なの？」

事務所に入ろうとしていた職員が、その場にぴたりと立ち止まる。

「数日だけ連れて帰らせてください。三日。いや、二日だけ。一日でもいいから。そうさせてください。ほんとにもう時間がないんです。次なんて、もうないんだから」

職員が困り果てた表情で私を見つめる。

「あの方には家族がいません。血を分けた直系の家族みたいな人はいないんです。訪ねてくる人も、この世に一人もいないんです。家族とか、そうじゃないとか、それのどこがそんなに大事なんですか？」

驚いたことに私の目からは一滴の涙も出ない。

職員とは二日と約束したけれど守るつもりはない。だからって永遠にジェンの面倒をみる用意ができているわけでもない。私の準備と覚悟ができるまで、すべての出来事が起きるのを待ってくれたらどんなにいいだろう。じっくり考えて悩む時間を与えてくれたらどんなにいいだろう。

*

私は横たわるジェンの横で朝を待つ。ジェンの体に残っている薬の効果が切れるまで待つつもりだ。日課になっている睡眠薬と神経安定剤の注射を、療養保護士が誤ってジェンにしないように守るためだ。九時を過ぎると病室の灯りが消され、十時になると療養保護士たちは仮眠室に行ってしまう。堅牢な沈黙の中に閉じこめられたみたいだ。外からどんなに叩いても開きも壊れもしない堅固な暗闇が私を取り囲む。

「おばあさま、食べたいものはありませんか？　朝になったら娘が来るそうです。私が呼びました。娘に会いたがってたでしょう」

静寂をはねのけようと、私はおしゃべりを続ける。こうやってしゃべっていないと自分が生きているとは信じられないほど、ここは真っ暗だ。私は何度も携帯電話を見ては、時間が進んでいるのを確認する。そのうちに、すっと眠りに引きこまれては目を覚ますことをくり返す。

目を開けると、ようやく鳥の声が聞こえてきた。私は寝ぼけまなこで窓辺に近づく。瑠璃色の空が白みはじめ、風景が鮮明になる。いつの間にか明るい光が窓を埋め尽くす。夜が明けてだいぶ経ってから娘がやってくる。違った。タクシーの後部座席から降りてきたのは娘ではなくあの子だ。

「代わりに来ました。何度も起こしたんですが、グリーンがどうしても起きれなくて」

あの子が離れたところに立っている間、私はジェンをまっすぐに座らせると、持ってきてもらった服を着せる。うさぎの絵が描かれたピンク色のTシャツと、幅広のハーフパンツだ。たくさんある中から、よりによってこんなおかしな服を選んだのはなぜだろう。でも私は気に食わないという素振りを見せないように努める。あの子は何事だという顔で病室を見回しながら目をこすっている。

ジェンと私が後部座席に、あの子が助手席に座るとタクシーは出発する。閑散とした道路に差しかかるとタクシーは速度を上げる。私はエアコンを弱めてくれと頼み、ジェンが快適かどうか神経を尖らせる。サイドミラーにあくびするあの子が見え隠れする。再び目をやると、窓ガラスに顔を押し当てたまま眠っていた。私は手を伸ばして助手席の背もたれを少し倒してやる。

「大丈夫ですか？　具合の悪いところはないですか？　お腹はすいてませんか？　食べたいものはありますか？　うん？　少しだけ我慢してくださいね。もう着きますから」

眠気が押し寄せる。私は寝入らないようにしゃべり続ける。ジェンは意識が戻ってきたように顔を上げ、私と目を合わせるかと思うと、再びぼうっとした表情になる。いつの間にか私も、あの子と同じように口を開けて眠ってしまう。

タクシーが門の前に停まる。先に降りたあの子が急いで門を開ける。いきなりひねられた門が塀にぶつかって、騒々しい音を立てる。私は後部座席のドアを開けて、注意しながらジェンを外に導く。深い眠りからゆっくりと目覚めるように、ジェンに少しずつ表情が戻ってくるのが感じられる。

「母さん、帰ったの？　誰？　なんなの？　えっ？」

門の前までやってきた娘が大声を上げる。私のやめろという手振りにもお構いなしだ。結局、お向かいの門の中から人の気配がして、誰かがドアを開けて出てくる。箒を持った例の男性だ。

「お出かけだったようですね」

よりによって我が家に暮らす全員が路地に集結している今。絶対に鉢合わせしたくない、まさにそんなタイミング。すべてが浮き彫りになり、言い逃れしようのないこの瞬間に、この男性と出くわしてしまう。

「はい。病院から戻ったところです」

ジェンの曲がった体が苦労しながらタクシーの外に出てくる。娘にジェンの脇を支えるよう言い聞かせると、タクシー料金を払って車のドアを閉める。タクシーは路上駐車している車を避けながら、バックで狭い路地をぎりぎり進んでいく。

「お母さまのようですね?」

私が病院から持ってきた荷物をつかんで門の中に入ろうとしたとき、男性が我慢できないといったふうに首を伸ばして尋ねる。私はうなずくだけにしようと思ったが、こう言う。

「いいえ。母はずいぶん前に亡くなりました。この方は老人ホームで担当していた患者さんです」

そして簡単に目礼してから門を閉め、家の中に入る。

「誰？　母さん、誰なの？」

そう尋ねる娘と違って、あの子はなんの質問もしてこない。ジェンをソファに寝かせ、その横に腰掛けるとジェンをぼんやり見つめる。二階の子どもたちが歌いながら、はしゃいで足を踏み鳴らす音が聞こえる。幼稚園に行く時間なのだろう。私は時計を見上げながらつぶやく。

「病院で世話をしてた方よ。事情があって少しの間、家に来ることになったの」

「どんな事情？　病院にいる方を、こんな勝手に連れてきてもいいの？　ねえ？」

娘が私について回りながら、根掘り葉掘り尋ねてくる。娘の額には赤い裂傷がまだ残っている。私は数日だけ、数日だからと答える。そしてジェンのいる居間のほうをちらちら見る。開かれた窓の向こうに澄んだ透明な風景が広がっている。たった一晩で途方もなく長かった夏が通り抜け、一瞬にして秋が渡ってきたようだ。

私と娘。私が連れてきたジェンと、娘が連れてきたあの子が身を寄せる家の中に、涼やかな風が吹きこんでくる。私が今日やったことと言ったら、ジェンの横で再び夕方が来るのを待つだけだった。静寂に包まれた夕方が再び訪れ、嘘みたいになにも起こらない一日が過ぎていく。

失業保険を申請して戻った翌朝の午前。私は家中の窓を開け放ち、気をつけながらジェンを起こす。ジェンの世話をしていたあの子が後ろに下がる。

「きれい。ほんとにきれい。お母さんに似てきれい」

柔らかくて温かいジェンの視線があの子に注がれる。口ごもりながらなにか言おうとするあの子を押しとどめ、私は問いかける。

「お腹はすいてますか？　ちょっと食べませんか？」

「なにをくれるの？」

驚くことに、ジェンの両目はしっかりと私へ向けられている。こんな瞬間のジェンは記憶を失い、死の周りをうろつく、老いて病に伏した患者ではなく、長い人生を勇敢に切り抜けてきた人のようだ。

「なにを召しあがりたいですか？」

ジェンが着ているゆったりしたゴムのズボンの中をうかがいながら私は尋ねる。頻繁におむつを替えても、においはどうすることもできない。家の中はすでに小便臭さと吐き気を催すにおいが充満しつつある。これは予想も覚悟もしていたことだ。ではジェンがこの家にとどまる間、私が予想も覚悟もしていなかったことはどれぐらい起きるのだろう。

「私が作りましょうか?」

急いで立ち上がると、あの子が言う。ジェンが手を伸ばし、その手を取るあの子の顔にはかすかな微笑が浮かんでいた。

*

私は一日中、ジェンに寄り添う。

そのおかげでたまに娘についての心配事を忘れ、あの子への不満を忘れ、自分の置かれた立場の侘しさも忘れる。不服そうだった娘は数日が過ぎると、なにも言わなくなる。不満というより気を配る余裕がないからだろう。だから私を手伝うのはいつも娘じゃなくてあの子だ。ジェンを置いて外出するときも、ジェンの食事を用意するときも、ジェンを入浴させるときも、あの子に助けてもらわないとならない。濡れたおむつがぎっしり詰まった重いごみ袋を出してくるのもあの子だ。

「おばあさん。腕を上げてください。こんなふうにです。こうやって」

「あーん、してください。もっと大きく、あーん」

「手をグーにして、パーにしてみてください。ううん、そうじゃなくて」

ジェンは時々、私よりもあの子の言葉をよく聞く。私には意地悪をしたり、意地を張ったりすることがあっても、あの子の言葉には素直になる。ジェンの気力が衰えてきているせいかもしれない。病院にいたころを思い浮かべると、ジェンの容体が少しずつ悪化しているのは明らかだ。

だからといって私たちの日常が単純に、お気楽に流れていくわけではない。たまに私はイライラして急《せ》き立てたくなる衝動を抑えるのに苦労する。例えばジェンが食卓のコップをわけもなく倒したり、家に帰るんだと大声を出したりするときにそうなる。泡まみれのまま浴室から出ようとしたり、私の髪の毛をつかんで大騒ぎしたりするときもある。そんなときは、手に負えない人間を連れてきた自分を馬鹿みたいに思う。毎回それでも苦労しながらかろうじて乗り越え、また乗り越える。

誰かの世話をすることの大変さ。自分じゃない誰かの面倒をみることの難しさ。美しく高潔に見えるこういう仕事のひどさや厳しさを、私はもしかすると娘とあの子に教えたかったのかもしれない。あの子たちが本で読んだり、誰かに聞いたりして知るのではなく、実際に経験させようとしているのかもしれない。

十年後、二十年後に、こうやって私の面倒をみてくれと言いたいのではない。自身の老後を、若いうちはどうしても想像できないけれど必ずやってくるそのときを、一度でもいいから考えてもらいたい。今からでも責任と信頼を分かち合えるまともな相手を見つけてもらいたい。私がこの世を去るときに残していくのが心配と憂慮、後悔と恨みのような感情でないことを願うばかりだ。

「おばあさま。あの子は私の娘じゃないんですよ」

夜中、ジェンの傍らに横たわる私はささやく。娘が門を開けて入ってくる音。部屋のドアが開き、あの子が娘を出迎える音。台所に灯りがともされ、ガラスの器がぶつかる音。再び部屋のドアが閉められ、静寂に包まれる。

「あの子は娘が連れてきたんです。二人は友だちの仲ではないんです」

でも、私はいつもそこで言葉に詰まる。吐き出せない言葉。決して発せられることのない言葉。そんな取り残されたいくつもの言葉が、私の内部で音を立ててぶつかり合いながら傷を作るのが確かに感じられる。

「おばあさまなら、なんて言いましたか？　どうしてましたか？」

でもこんな話をするとき、私は慰められている気にもなる。こういう瞬間に、すべては遠い他人事じゃない、自分はその真ん中に立っているんだと気づく。そして、そんな状況にもかかわらず、私は崩れ落ちも倒れもしないんだと発見する。

「誰か来たの？　外に？」

ある日の午後、ジェンが私を呼ぶ。洗濯をしていた私はラジオのボリュームを下げる。ソファに斜めに腰掛けて私を見上げるジェンの表情は晴れやかだ。私はゴム手袋を外すと、ジェンの口元についたくるみ饅頭のかすをはたいてやる。皿に山盛りあったくるみ饅頭は数個しか残っていない。

「あと一時間はしないと帰ってきませんよ。もう少し待たないと」

私はあの子の部屋を指し示す。部屋のドアを開け、居間の窓を開け放ち、がらんとした庭まで見せてやると、ようやくジェンは質問をやめる。でも忘れてしまったらしく、また同じ話をくり返す。

「誰か来たの？　外に？　どこから来たの？」

浴室の入口にしゃがみこんで雑巾を洗っていた私は適当に答える。それは答えというよりも、ここに私がいることを知らせる信号に近い。私の答えは少しずつ短くなっていき、ついには、うんうんというつぶやきに変わる。ジェンはしゃべり続け、私は思う。

あの不衛生な老人ホームに放っておいたら、とっくに死んでしまっていたはずの女性。この状態まで回復したのはすごいことだ。なんてこと。こんなにしっかりしている人間を、あんなふうに生ける屍みたいに扱うなんて。でもこのまま一ヵ月が過ぎ、二ヵ月が過ぎたら、どうすればいいんだろう。失業保険が支給される期間が終わって、仕事に戻らなきゃならなくなったらどうしよう。また適当な老人ホームを見つけて、ジェンを入れなきゃならないだろうか。そうするべきだろうか。

「黄色い服を着た子どもたちが玄関の前に集まっていたそうです。幼稚園生ぐらいの子どもたちが」

正確に半月が過ぎた日の午後、私はその日の話を聞く。語るあの子の顔には表情と呼べるものが一切ない。庭に走り出てきておばあさんが動かないと悲鳴を上げていた瞬間を、今もまだ漂っているかのようだ。面食らった顔。どうしたらいいかわからないといった表情。話を聞く私の肩を娘が抱き寄せる。

「黄色いひよこみたいだったと。ちっちゃい子が群れをなしてぴーぴー騒ぐから眠れないとおっしゃってました。なんでそんなに騒ぐんだ。何事だと」

ジェンは土曜日の午後に息を引き取った。朝のニュースで言っていたとおり、爽やかな風が吹く、穏やかな日差しの日だった。娘はケーキを買いに行き、私が庭で洗濯物を干す間、ジェンはソファに斜めに腰掛けて眠っていた。台所で果物を洗っていたあの子は、ジェンは眠っているとばかり思っていたそうだ。

マスカットとイチゴが飾られたケーキ。娘が買ってきたケーキはちんまりとおいしそうで、見ているだけで唾が溜まった。ジェンの前にケーキを置く。あの子が洗ったプラムとモモをその横に置く。そうしながら、そろそろジェンを入れる施設を探さなきゃと考えたことを思い出す。今月が過ぎる前に。この季節が去る前に、適当な施設に移さなきゃと心に決めたことを思い出す。このままずっとジェンを預かって、面倒をみることはできないから。残された日々だけでも良くしてあげなきゃと決心したことも思い出す。

娘と私、あの子が狭い台所を行き来する。静かで素早い身のこなし。私の意識はひたすらジェンに向けられている。だからあの子と一つの空間を共有しているという事実も、その事実が招く不快感もぎこちなさも、すっかり忘れてしまったかのようだ。なんの遠慮もない、とても自然で穏やかな時間が嘘みたいに流れていく。

ジェンがもたらしてくれた平和。つかの間の休戦。

それがジェンの残してくれた遺品になってしまった。あの子は食事の支度を終え、ジェンを起こす段階になってようやく、なにが起こったかを知ったのだとつっかえながら話した。私が二階に住む主婦を庭で呼んでいたとき。あの子はジェンの手を握り、顔をさすり、ジェンの口元に耳をあててみたそうだ。

ジェンがケーキを味わう。

ほんの少しずつ口に入れ、ゆっくり飲みこんでからうなずく。ふわふわの甘いケーキに夢中な表情。満足気な顔。私はイチゴに生クリームをたっぷりつけて差し出す。誰かにとってはちっとも特別じゃない日常。誰もが謳歌してしかるべき、他愛のない平凡な瞬間。

「味はどうですか？　私がすごく遠くまで買いに行ってきたんだから」

娘が言い、あの子も応酬する。

「次は家で作ってみようか？　タルトみたいに、ちょっと平べったくして」

「オーブンがなくてもできるの？」

ジェンの視線が娘とあの子、私に移る。

完璧な午後。

でも私が想像していたそういう瞬間は、ついに訪れなかった。いつもやってくるのが早すぎるか、遅すぎるかのどちらかなのだ。だから気づかないうちに通り過ぎていたり、待ちくたびれて諦めたりすることになる。ジェンが最期に目にしたのはちんまりとおいしそうなケーキではなく、小さな子どもたちだった。

死の直前、目にするもの。

か弱くてピュアな子どもたちだったから、ジェンはいいところに旅立つだろう。その一方で、人知れず私がしていた心配や憂慮にジェンは気がついたのかもしれないという思いが入り乱れる。罪悪感と恥ずかしさみたいな感情がこみ上げて、また、すべて自分の責任のような気がしてくる。

「あんなこと考えるんじゃなかった」

私は手を揉み合わせながらつぶやく。

「なんてこと。あんなこと考えるべきじゃなかったのに」

しばらくして救急治療室から出てきた医者が私を探す。私とあの子、娘が見ている前で日付と時刻が告げられ、ジェンの体の管と装置がすべて外される。そしてジェンの体を横に向けながら尋ねる。

「この先も見ますか?　大丈夫ですか?」

死を迎えた肉体から異物を除去しようとしているのだろう。もう死者だから。迅速に、手順どおりに処理しようというのだろう。私は背を向けると、その場を離れる。

娘が私の手を握る。嗚咽が漏れる。私は娘に抱きしめられたまま、でもジェンが横たわるベッドから視線を逸らすこともできないまま子どものように泣く。泣いている私に襲いかかっては通り過ぎていく感情の波を、この先も娘にすべて説明することはできないだろう。

＊

あっという間に数日が過ぎた。

街外れにある斎場が用意したのはいちばん端の狭い一般室だ。職員の一人がついてくると灯りをつけて、焼香台を覆っていたビニールを外す。むっとするようなかび臭さが広がる。灯りをすべてつけたのに、薄暗い印象は拭えない。

たった一日のことだから。

そう考えても気持ちは晴れない。大方の部屋が空いているのに、誰が見ても明らかにみすぼらしいこの部屋が用意されたのはなぜだろう。

「いつお客さまがいらっしゃるかわかりませんので」

斎場の管理者から聞いた答えはそれだけだ。

死してなお、費用を払わなければならない生。それはもう、別に驚くことでもない。どこでも見かけるありふれた光景の一つだ。私はしみだらけの天井の角を見上げ、歪んだドアのすき間を見下ろす。作業服を着た二人が入ってきて、大きな花輪を二つ運んでくる。焼香台の用意が整い、線香が焚かれる。目に沁みる煙のにおいが部屋中を満たす。

「遺影はどうしますか？」

私は昔の雑誌から切り取ったに違いない写真を渡す。写真は小さくて、大きな額縁の半分にも満たない。ジェンの名前が書かれた位牌が置かれ、その上に遺影が飾られる。それでも焼香台はがらんともの寂しい。

「お洒落だね」

額縁に近づいた娘が言う。

「このメガネ、最近も流行ってるよ。きれい。ね?」

「うん。そうだね」

娘が問いかけ、あの子が答え、二人でささやく。

「喪主はいらっしゃらないんですか?」

費用の明細書を持ってきた職員が尋ねる。私は、弔問客はそう多くないはずだと答える。

「それでも決めてくださらないと。代表者として名前を出さなきゃいけませんし。こちらも記録しないといけないので」

「私がやります。それじゃあ」

娘が応じる。

「喪主は普通、男性がやるものですよ。男性はいらっしゃらないんですか?」

こういう瞬間、またしても娘の境遇が思い出されて一瞬で顔が赤くなる。

「男性とか、女性とか、なんの関係があるんですか。法律で決まってるわけじゃないでしょう」

あの子が加勢する。職員が私を見る。ただうなずく。こうしてまた理屈に合わない卑しい立場にあることがばれてしまったという思いが、私の内部に爪を立てていく。部屋が連なる斎場を抜けて外に出る。入口付近の二部屋を除く残りはすべて、灯りもついていない空室だ。私は窓辺にもたれて、だだっ広い駐車場を見下ろす。停まっているのはブルーシートをかぶせたトラック二台、オートバイ三、四台、乗用車四、五台ですべてだ。ティパからは依然として連絡がない。電話に出た管理人は、ティパは数週間前に辞めたと言った。すっとぼけた同僚は、彼の行方は知らないとまでうそぶいた。それがほんとなのか嘘なのかは大したことじゃない。それでも彼はここに来るのか、やはり来ないのか。私は見定めようとしている。

陽が暮れて、教授夫人と新入りの女性がやってくる。

「大した額じゃないですけど足しにしてください」

香典を入れる箱を用意していなかったので、新入りの女性は私に封筒を手渡す。私は言う。身寄りがなくて財産もない人には、国からいくらか葬儀代の支援が出る。こうして来てくれただけでもありがたい。ただ、ジェンの死が仕事として、果てしなく続く労働の一部として扱われるのが見ていられなかった、と。処理しなきゃいけない雑務みたいに、誠意もなく扱われるのが耐えられなかったという告白だ。

そうしている間に娘とあの子の友人も三、四人やってくる。おかげで温かみと呼べるものが部屋の中にゆっくりと広がっていく。

ところが、ついに恐れ続けていたことが起きてしまう。

台所で段ボール箱の中の料理を紙皿に移していると、教授夫人がやってきて尋ねる。私は冷蔵庫のほうを向きながらつぶやく。

「ところで、あの子は誰なの?」

「知らない。娘が連れてきた友だちでしょ」

「一緒に暮らしてるんだって?」

一体この女はどこで、誰に、なにを聞きつけてきたのだろう。そんなことしたら感情が丸見えだと思いつつも、私はだんまりを決めこむ。腹を立てている人みたいにずっと口を閉ざしていたのだが、結局は外に出てしまう。

「ここにいらっしゃったんですね。少しは食事されました？」

駐車場の片隅に設置された、小さな喫煙室に座っている私を見つけたのはあの子だ。あの子は黙って隣に座る。駐車場を出ていく車のヘッドライトが明るい線を描きながら通り過ぎるのに合わせて、私たちの影が長く伸び上がって消える。

「斎場の方が出棺の儀はどうするのかと言ってきたので、お尋ねしようと思って。グリーンはやらなくていいって言うんですが、やるのが普通でしょうから。やったほうがいいかと思いまして」

そして、あの子はこう付け加える。

「ごめんなさい。口ぐせになっていて、なかなか名前を呼べないんです」

私はなにも言わない。

「よろしければ、私も費用を少し負担しますが」

私がそれでも黙っていると、あの子はまごまごしながら立ち上がる。

「じゃあ、明日決めると伝えますね。職員は早朝も待機しているので」

「こうして一緒にいてくれて、ありがたいと思ってるよ」

私はようやく口を開く。あの子はまた座るべきか戻るべきかわからないという顔で中途半端に立っている。私は座れと手振りで示し、こんな話をする。さっきみたいに誰かにあんたのことを聞かれたり、あんたと娘について質問されると、未だになんて答えるべきかわからないいと。いや、違う。わかっているけど、わかるようにはなったけど、今もそうは言えないのだと。

「私にはわからない。あんたたちのことを理解できるのか、生きている間にそんな日が来るのか」

あの子の足が地面の吸い殻を一つずつ潰していく。飛び出たタバコの葉がアスファルトの地面に茶色い跡を残す。

「私があんたのことを認めるなんて奇跡みたいなことが起きるかしら。奇跡はひどい姿をしてやってくることもあるからね。そりゃあ諦めずにいれば、いつかはそんな日も来るかもしれない。その可能性はあるだろう。でも、それには時間が必要じゃないか。私にそれだけの時間が残っているかどうか」

私はつぶやく。

「でも、そんな奇跡がまだ起きてもいないうちから理解するよとは言えないじゃないか。嘘なんだから。娘を諦めることになるんだから。肩身の狭い思いをすることなく平凡に生きられる娘の人生を、手放すことになるんだから。それは無理ってもんだろう」

遠くのほうでクラクションがけたたましく鳴り響く。その音は一瞬で彼方へと走り去っていく。あの子はただ聞いている。努力してみるという言葉は、それでもついに出てこない。そんな虚しい期待は抱かせたくない。今も私の中にはまったく理解していない私がいて、それを遠くから見つめる私がいて、そんないくつもの私が終わりのない争いをくり返している。それをいちいち説明する自信も、元気も、勇気もない。

こんなことを思い出す。ずっと昔、恐縮したようすで私の前に座り、声を殺して泣いていた女。申し訳ございません、うちの子がこんなに問題ばかり起こして、悪くなるとは思ってもみませんでした。女がそう言い、私が答える。まだ分別がついていないからでしょう、ご両親の気持ちを察するようになる日が来ますよ。教師として保護者にかけられる最善の言葉。もしかすると私は、ほんとにそうなると信じていたのかもしれない。それぐらい純真で愚かだったのかもしれない。いっそのこと、こう言うべきだったのだろうか。そんな日は永遠に来ない。子どもは今よりも悪くなって疎遠になるだろう。どんなに頑張っても両親が望むほうに戻ってくることはない。それでも自分の子どもで、自分は親であることに変わりはない。その事実だけは絶対に変わらない、と。

「部屋に戻って横になりますか？　お疲れのようですから」

しばらくしてあの子が言う。

深夜零時を迎える前に教授夫人と新入りの女性、娘の友人も帰る。しんとした夜明け前、あの子と私、娘は小さな食卓を囲む。明るくなる前に出棺の儀を終えて火葬場に行かなければならないし、市庁の担当職員が来たら、行政手続きのあれこれも済ませなければ。今日は一食も食べられないかもしれない。冷めてしまったユッケジャンには白く濁った油が点々と浮いている。私は油を取り除くと、一口すくって口に運ぶ。しょっぱさと辛みばかりが強くて、ちっとも食欲を感じない。それでも私はスープにご飯を混ぜると、一口ずつ食べる。

「食べなさい。たくさん食べなきゃ」

私は茹で肉とキムチを差し出す。あの子が茹で肉を一枚食べる。私はお湯を持ってくると、あの子たちの前に置いてやる。そして残っているご飯をきれいに平らげる。

食事を終え、遺族のために用意された小部屋に入る。線香くさくて埃のにおいのする毛布を敷き、横になる。チクタク。秒針の音が響く。ゆっくり息を吐くと、このまま体が吸いこまれてしまいそうになる。目を閉じて、眠ろうと努める。一眠りしたら、とても深い眠りから覚めたら、すべて嘘だったことになっていればいいのに。すべて元通りになっていればいいのに。理解して受け入れようと努力する必要のない、順調でなんの苦労もない日常。でも私を待っているのは、尽きることのない闘いと忍耐の日常かもしれない。

そんな日々を受け入れられるだろうか。耐えきれるだろうか。

自らに問いかけると強情な、断固とした表情で首を横に振る老人の姿しか見えてこない。再び目を閉じてみる。とにかく今は寝ないと。眠れば、私を待ち受けている人生をいくらかでも受け入れられる元気が湧いてくるはずだ。考えるべきは漠然とした明日じゃない。目の前にある今なのだ。今日やるべきことに思いを巡らせ、とにかく無事に終えることだけを考える。そうやって果てしないいくつもの明日を通り抜けていけるはず、ただそう信じるだけだ。

訳者あとがき

本書の著者、キム・ヘジンは一九八三年大邱《テグ》生まれ。大学で国文学を専攻し、その後は別の大学と大学院で文芸創作を学んだ。二〇一二年に短編小説「チキンラン」が東亜日報の新春文芸に当選し、作家デビューを果たす。当時の審査評で作家のオ・ジョンヒ、ソン・ソクチェはこう述べている。

「チキンラン」は問題作だ。暗鬱で悲劇的なシチュエーションだというのに、細部は読者を笑わせる喜劇で構成されている。現在を、現世を描いた破格の作品と言えるだろう。韓国文学が待ち焦がれていたのは、正にこうした作品ではないだろうか。

翌二〇一三年にはホームレスに転落した若い男性を主人公に、すべてを失った人間の愛や、絶望すら許されないどん底まで落ちても人間であることをやめられない究極の悲しみを描き切った『中央駅』で、第五回中央長編文学賞を受賞した。独白という手法で当事者の視点から弱者の悲哀を書いたこの作品は、「ここ最近の奇抜な素材や独特な文体を前面に出した作品とは一線を画す。正攻法の勝利」と高く評価された。その後、さまざまな職業に従事する若者の姿を通して不安定な社会を描いた短編集、『オビ』を二〇一六年に発表している。

本書ではLGBTや身寄りのない高齢者など、社会的弱者と呼ばれる人々に向けられる排他的な視線や暴力がテーマとなっている。独白という単調になりがちな文体、暗くなりがちな題材を用いながらも、最後まで一定のリズムを保って読者を飽きさせない筆力は見事だ。主人公の「私」は、夫を亡くしてから一人娘のためだけに生きてきた実直な初老の女性。今はきつい仕事をしているが、かつては教師だったという矜持もある。人目を気にし、モラルを重んじる「私」は、国や文化を問わず、どこにでもいる平凡な女性の姿と言えるだろう。

一方、「私」の暮らす家に同性の恋人とともに居候することになる娘は何から何まで対照的だ。あくまでも個人的な感情であるはずの愛が、異性愛や婚姻可能な愛だけが正しい愛なのだというモラルによって糾弾され、社会的、経済的な不利益や制裁がもたらされる世の中が納得できず、人目もはばからず声をあげる。

拒絶する側と、私たちは間違っていないと訴える側。そのちょうど中間に立たされた「私」の視点で、マイノリティの過去と未来、同性愛者の娘を前に苦悩する母の心、不安が増してゆくばかりの老後、老いに対してあまりに不寛容な社会の現実などが綴られていく。「私」は重要な局面では娘に寄り添うが、娘への愛情と受容が直結することはないまま、最後まで肯定と否定の間を揺れ続ける。これまで韓国文学で描かれる母親というと、無私の心で家族に尽くし、どんな事態も笑顔で受け止め、家父長制の根底を支える大地のような存在が一般的だった。本作には現代社会のリアルな母親像が見え隠れしているようで、この点も興味深い。

物語の語り手は「私」だが、自分の置かれた立場や環境に近い登場人物に共感を覚えたり、その人物の視点でストーリーを追ったりしてみた方もいらっしゃるのではないだろうか。安定した社会人生活を捨て、再び留学したまま何年も日本に戻らなかった訳者としては、自立と称して勝手に家を出た娘を回想する場面は今さらながら身につまされた。正直なところを申し上げると、不安だらけな六十代の女性の心情を訳すにはまだまだ力不足だと痛感することも多く、たくさんの方に助けられながらの翻訳作業だったが、「私」の姿が訳者自身の母と重なる箇所ではさまざまなことを考えさせられた。『娘について』と題する本書は同時に母についての物語でもある。

男性中心、世相を反映させた作品が主流という印象の韓国文学だが、近年は女性作家の活躍が目覚ましい。彼女たちはフェミニズム運動やLGBTの権利など、ジェンダーという現代の世相に関する作品を積極的に発表してきた。韓国では性的少数者を指す包括的な単語としてクィア（Queer）が使われているが、本書を含むクィア文学は現代の韓国文学でどんな位置付けをされているのだろう。出版評論家のハン・ギホは自身のブログに書いた「韓国文学の新たなエネルギーとなるクィア文学の現住所」で、こう述べている。

クィアの登場する作品が韓国文学の先頭に立つ作家たちによって発表されてい

る点を考えると、クィア的な想像力はもはや例外ではないのだろう。では、クィアが韓国文学で市民権を獲得したと言えるだろうか。この問いに関しては依然として困惑を禁じ得ない（中略）。だが、これまでの韓国文学がどのように愛を形象化してきたかについて反省しないわけにはいかないだろう。

文芸評論家のコ・ボンジュンはこう書いている。「キム・ヘジンの『娘について』が好評だったように、もはやクィアは韓国文学の大きな流れとなりつつある（中略）。新たな時代のはじまりだ。出版界の牽引役《けんいんやく》だったフェミニズム旋風に続く、クィア文化をテーマにした作品の勢いがとまらない」

惜しくも受賞は逃したが、今年の九月に発表された第十二回キム・ユジョン文学賞の最終候補に残った著者の新作「ご近所さん」は、本作に登場するグリーンとレインを彷彿とさせる女性カップルが主人公だ。同棲中の二人は、近所の住民との些細なトラブルがきっかけで居場所を失っていく。欠かさず家賃を払っていても、居住ルールを守っていても、グリーンとレインのように得体の知れない人たちと定義されてしまう二人。クィアというジャンルは、文学においてはもはや例外でなく、出版界の新たな牽引役として期待されているかもしれないが、クィアと呼ばれる当事者たちの置かれた環境はまだまだ厳しいということなのだろう。著者はインタビューで、「最近は行動範囲の中にある身近な話を書くようになった。私の日常や考えが以前よりも作品に反映されているような気がする」と述べているが、次作はどのようなテーマの作品となるのだろうか。「ご近所さん」のように、またどこかでグリーンとレインとおぼしき二人に会える機会はあるだろうか。今後の作品が楽しみだ。

編集を担当してくださった亜紀書房の内藤寛さん、専門用語の詳しい意味を韓国の知人に確認してくれたり、訳文のチェックを助けてくれたりした多くの友人に感謝申し上げます。

二〇一八年十二月

古川綾子

著者 **キム・ヘジン**

1983年、大邱生まれ。2012年に短編小説『チキンラン』が東亜日報の新春文芸に当選して作家デビューを果たす。2013年、ホームレスの男女の愛を描いた『中央駅』で第5回中央長編文学賞、2018年に本書『娘について』で第36回シン・ドンヨプ文学賞を受賞。
弱者や少数派と呼ばれる人々の声なき叫び、彼らに対して情け容赦ない社会の現実などを当事者の視点から冷徹な筆致で描いてきた。他の作品に短編集『オビ』がある。

訳者 **古川綾子**

神田外語大学韓国語学科卒業。延世大学教育大学院韓国語教育科修了。第10回韓国文学翻訳院翻訳新人賞受賞。神田外語大学講師。
訳書に『降りられない船――セウォル号沈没事故からみた韓国』(ウ・ソックン、クオン)、『アリストテレスのいる薬屋』(パク・ヒョンスク、彩流社)、『未生 ミセン』1－9巻(ユン・テホ、講談社)、『走れ、オヤジ殿』(キム・エラン、晶文社)、『そっと 静かに』(ハン・ガン、クオン)など。

となりの国のものがたり 02
娘について
딸에 대하여(Ddalae Dae-ha-yeo) by 김 혜진(Kim Hyejin)

Originally published in Korea by Minumsa Publishing Co., Ltd., Seoul in 2017.

Japanese translation edition is published by arrangement with Kim Hyejin c/o Minumsa Publishing Co., Ltd. through K-BOOK Promotion Organization.
This book is published with the support of the Literature Translation Institute of Korea (LTI Korea).

2019年1月17日　初版第1刷発行

著者　キム・ヘジン
訳者　古川綾子

発行者　株式会社亜紀書房
〒101-0051 東京都千代田区神田神保町1-32
電話(03)5280-0261　振替00100-9-144037
http://www.akishobo.com

装丁　坂川栄治+鳴田小夜子(坂川事務所)
イラストレーション　塩田雅紀
DTP　コトモモ社
印刷・製本　株式会社トライ
http://www.try-sky.com

Printed in Japan

フィフティ・ピープル

チョン・セラン著
斎藤真理子訳

痛くて、おかしくて、悲しくて、愛しい。
50人のドラマが、あやとりのように絡まり合う。
韓国文学をリードする若手作家による、めくるめく連作短編小説集。
「二〇一八年度ナンバーワン小説」の声多数！

2200円＋税

シリーズ
「となりの国のものがたり」

遠くて、近い。違っていて、同じ。
そんな「となりの国」で書かれた、
物語の楽しさに満ちたフレッシュ
な作品をお届けします。

次回配本
二〇一九年四月予定

外は夏

キム・エラン著
古川綾子訳